DIMMI DI LOTTARE

CHARLOTTE BYRD

BYRD BOOKS, LLC

COPYRIGHT

A PROPOSITO DI DIMMI DI LOTTARE

Sono un uomo che prende ciò che vuole.

Cosa voglio? Lei.

Olive Kernes aveva un debito con me, e pensava di averlo pagato.

Ma ora voglio di più.

Voglio altro oltre al suo tempo.

Voglio più del suo solo corpo.

La sua nuova vita ci ha divisi.

Ora tocca a me sistemare le cose.

Farò combaciare i pezzi del nostro amore, fosse l'ultima cosa che faccio.

Ma posso farlo in tempo?

LIBRI DI CHARLOTTE BYRD

Tutti i libri sono disponibili presso TUTTI i maggiori rivenditori! Se non riesci a trovarli, manda una e-mail a charlotte@charlotte-byrd.com

Serie *La Serata Proibita*

La serata proibita

Le regole proibite

I legami proibiti

Il contratto proibito

I limiti proibiti

Trilogia *La Casa di York*

La casa di York

"Decadente, delizioso e pericolosamente coinvolgente!" – Recensione ★★★★★

"Stuzzicante e magistralmente intrecciato, nessun lettore può resistere alla sua attrazione. UN MUST!" Bobbi Koe, recensione ★★★★★

"Accattivante" - Crystal Jones, recensione ★★★★★

"Eccitante, intenso, sensuale" - Rock, recensione ★★★★★

"Sexy, misterioso, che trasuda passione..." - Mrs. K, recensione ★★★★★

"Charlotte Byrd è una scrittrice brillante. Ho letto molto, e ho riso e pianto. Ha scritto un libro bilanciato con personaggi brillanti. Ben fatto!" – Recensione ★★★★★

"Veloce, oscuro, coinvolgente e avvincente" – Recensione ★★★★★

"Hot, avvolgente, e una trama fantastica." - Christine Reese ★★★★★

"Mio Dio... Charlotte mi ha reso un fan per tutta la vita." - JJ, recensione ★★★★★

"La tensione e la chimica sono al massimo livello d'allarme." - Sharon, recensione ★★★★★

"Spinto, sexy, intrigante viaggio di Ellie e del signor Aiden Black. - Robin Langelier ★★★★★

"Wow. Semplicemente wow. Charlotte Byrd mi lascia senza parole... Mi ha sicuramente tenuta sul bordo della sedia. Una volta iniziato, non lo riporrete più." – Recensione ★★★★★

"Sexy, appassionante e accattivante!" - Charmaine, recensione ★★★★★

"Intrighi, desiderio e grandi personaggi... cosa chiedere di più?!" - Dragonfly Lady ★★★★★

"Un libro fantastico. Estremamente coinvolgente, accattivante e un'interessante lettura sexy. Non riuscirei a smettere di leggerlo." - Kim F, recensione ★★★★★

"Semplicemente la storia migliore. Tutto quello che mi piace leggere, e molto di più. Una storia così bella che la rileggerei ancora e ancora. Da custodire con cura!!" - Wendy Ballard ★★★★★

"Ha la quantità perfetta di colpi di scena. Ho subito stabilito un legame con l'eroina e, naturalmente, con Mr. Black. YUM. È sexy, è sfacciato, è appassionante. È tutto." - Khardine Gray, autrice di romanzi bestseller ★★★★★

ISCRIVITI ALLA MAILING LIST E READER CLUB DI CHARLOTTE BYRD

Prendi parte al mio Reader Club per partecipare a esclusivi giveaways e scoprire le anticipazioni sui miei prossimi lavori.

Iscriviti alla mailing list di Charlotte Byrd e ricevi notifiche su nuove uscite, omaggi e contenuti esclusivi.

A PROPOSITO DI CHARLOTTE BYRD

CHARLOTTE BYRD è un'autrice best seller di molti romanzi rosa. Vive nella California del sud con suo marito, il figlio e un Australian Shepherd pazzerello. Ama i libri, il caldo e le acque crystalline.

Scrivile a:

charlotte@charlotte-byrd.com

Puoi dare un'occhiata ai suoi libri su:

www.charlotte-byrd.com

Seguila qui:

www.facebook.com/charlottebyrdbooks

Instagram: www.instagram.com/charlottebyrdbooks

Twitter: www.twitter.comByrdAuthor

Facebook Group: Charlotte Byrd's Reader Club

Iscriviti alla mailing list di Charlotte Byrd
e ricevi notifiche su nuove uscite, omaggi e contenuti esclusivi.

Puoi anche iscriverti al gruppo Facebook,
Charlotte Byrd's Reader Club, per partecipare a esclusivi giveaways e scoprire le anticipazioni sui miei prossimi lavori.

1

NICHOLAS

QUANDO LE ACQUE CRISTALLINE SONO CALDE...

Qui, il vento che viene dall'oceano è caldo e poco intenso. Invece di schiaffeggiarti, come in Massachusetts, ti culla dolcemente in uno stato di completo rilassamento.

Seguendo il rigoroso codice di abbigliamento dell'isola che comprende una maglietta, pantaloncini e infradito, cammino il chilometro che mi separa dal mio bar preferito. Affondo i piedi nella fine sabbia sotto il tavolo ancor prima che il barista abbia la possibilità di prendere il mio ordine.

È mercoledì sera, ma i giorni della settimana non hanno molto significato, qui. Ogni posto è occupato da visitatori provenienti da tutti i posti del mondo in cui si parla inglese. Alcuni sono qui solo per una settimana, mentre altri sono qui a tempo indeterminato. Sono tutti qui per motivi diversi, tranne per il fatto che non è esattamente così. Hanno messo in pausa le loro vecchie vite per provare qualcosa di nuovo.

Ordino una Belekin, una leggera birra locale che ha un buon sapore solo fuori, nell'aria salata, e annuisco a Sammy e Greta dall'altra parte della stanza. Sono turiste svedesi sulla quarantina che parlano inglese senza un accenno di accento.

Prima ho trascorso la notte con Sammy dopo esserci incontrati ballando al Lazy Lizard una sera. Il giorno seguente, mi ha presentato a Greta e lei è andata con un locale. Abbiamo trascorso la giornata prendendo il sole e nuotando e poi siamo finiti nel mio letto prima dell'alba.

Sono stato qui abbastanza a lungo per sapere cosa già sanno i locali. Uno dei motivi per cui le donne single vengono su quest'isola è che è un posto sicuro dove conoscere uomini.

Gli uomini sono amichevoli e, con una popolazione di circa duemila persone, il posto ha le dimensioni di una scuola superiore. Tutti conoscono tutti o almeno quasi tutti.

Forse avrei dovuto andare da qualche parte più grande, altrove potrei sparire un po' più facilmente, ma non sono troppo preoccupato.

Ho un nuovo nome e una nuova identità. Sono stato qui una volta per alcuni giorni, molto tempo fa, e subito dopo la rottura con Olive questo è stato il primo posto che mi è venuto in mente.

Olive.

Non importa quanti drink beva o con quante donne dorma, la mia mente continua a tornare da lei.

Il modo in cui Greta si attorciglia i capelli attorno al dito è esattamente come faceva Olive.

Il modo in cui gli occhi di Sammy brillano alla luce della luna.

Il modo in cui Greta ride.

Il modo in cui Sammy muove i piedi.

Il modo in cui la ragazza in fondo alla strada di cui non conosco il nome si stringe nelle spalle.

La vedo ovunque io vada.

È come un fantasma che mi perseguita.

"Ne prendo un altro, per favore," dico a Imogen, la barista.

Imogen è venuta qui per trascorrerci una settimana da Vancouver, in Canada, e non se n'è mai più andata.

Ha annullato il suo biglietto, ha ottenuto un permesso per un soggiorno più lungo ed è qui da oltre sei mesi.

Per pagare l'affitto, tiene il bar di notte e lavora come istruttrice di immersioni durante il giorno.

È simpatica e dolce e, sorprendentemente, impermeabile alle mie avances.

"Quando arriverà Paul?" Chiedo.

"Tra due giorni," dice con la faccia che si illumina al suono del nome del suo ragazzo.

"Pensi che sarai in grado di farlo rimanere?" Chiedo.

So che lo vuole, e so anche che lui ha le sue riserve.

"Lo spero," dice Imogen, preparando tre drink contemporaneamente.

Paul è un ingegnere informatico e non c'è molto lavoro nel suo campo, qui.

Secondo lei, questo è il più grande ostacolo nella loro relazione.

Lei vuole rimanere qui a tempo indeterminato e lui vuole vivere la vita normale che avevano a Vancouver. La loro situazione è l'esempio perfetto di differenze inconciliabili, ma non ho il coraggio di dirle che probabilmente non funzionerà.

"Lo spero anch'io," dico, finendo la seconda birra.

A causa della pletora di espatriati britannici, il calcio tende a dominare gli schermi e oggi non fa eccezione.

Dopo aver ordinato un'altra birra, mi dirigo tra i tavoli verso il bagno.

I miei occhi si spostano nella stanza e sul secondo televisore vicino alla finestra. Ed è quando lo vedo.

È una mia foto con il mio vero nome e la parola *Ricercato* in alto.

Il cuore mi salta nel petto, ma continuo a camminare.

Proprio prima di sparire dietro l'angolo, vedo Art Hedison rilasciare un'intervista.

Mi precipito in bagno e trovo uno stallo vuoto. Chiudendo a chiave la porta, provo a capire cosa fare.

"Che cazzo sta succedendo?" Sussurro sottovoce.

No, no, no, no. Non sta succedendo davvero.

Faccio alcuni respiri profondi per calmarmi e poi esco dalla stanza.

Ho già ordinato una birra e devo ancora pagare il conto, quindi non posso semplicemente uscire senza attirare ancora più attenzione su di me.

"Ehi, vi dispiace se cambio canale?" Chiedo al gruppo di coppie che stanno bevendo sotto alla TV con la mia faccia sopra.

Nessuno di loro la sta guardando e ho già il dito sul telecomando quando un tizio alto lì vicino mi fa un breve cenno di approvazione.

Cambio su un'altra partita di calcio, sapendo che almeno un tifoso si opporrà se qualcuno dovesse cambiare canale in futuro.

Quando arrivo al bar, porgo la birra che mi sta aspettando alla ragazza seduta alla mia destra. Normalmente, farei due chiacchiere e cercherei di convincerla a tornare a casa con me, ma non stanotte.

"A dopo, Imogen!" Urlo, lasciandole una mancia generosa.

"Stai già andando via?" Mi chiede quando sono già vicino alla porta d'entrata.

"È successa una cosa." Alzo le spalle con noncuranza e me ne vado.

2

NICHOLAS

QUANDO PROVO A CAPIRE LA MIA PROSSIMA
MOSSA...

Camminando di nuovo verso casa mia, mi diletto nel modo in cui la brezza bacia la mia pelle in modo così leggero. Questa è l'ultima volta che la sentirò per molto tempo. Ci sono altre isole in cui posso andare, ma nessuna di queste sarà Caye Caulker, Belize.

I miei infradito emettono un forte suono schioccante quando colpiscono la parte posteriore dei talloni. Qui non ci sono strade, non strade ufficiali, comunque.

Neanche auto.

Le persone si spostano principalmente a piedi o in bicicletta e occasionalmente con dei golf cart. Questo posto sta da qualche parte tra il passato e il presente.

Internet è veloce ma il ritmo del mondo è lento. Non c'è molto da fare se non nuotare, fare snorkeling, tuffarsi, pescare, leggere, mangiare, parlare e bere. Non è perfetto?

Questo è esattamente il motivo per cui sono venuto qui. Ho bisogno di allontanarmi da tutto.

Pensavo di poter lasciare il male là fuori, da qualche parte a Boston, ma ora mi ha seguito anche qui.

Ora, lo stronzo che ho aiutato e che mi ha fatto una promessa è in televisione a parlare di quanto io sia pericoloso.

Questa è la mia via d'uscita, penso, digrignando i denti mentre rimpianto e rabbia si gonfiano dentro di me.

"Ehilà, straniero," dice Ali, l'espatriata francese mentre passo davanti al suo appartamento e mi dirigo verso il mio.

Non abbiamo stretto rapporti perché è stata fuori città la maggior parte del tempo che sono stato qui. E ho anche avuto delle riserve sul dormire con qualcuno che vive così vicino a me.

"Vuoi venire a bere una bottiglia di vino?" Chiede.

"Forse un'altra volta," dico, dandole un breve cenno.

Di nuovo nella mia cabina con una camera da letto e con un arredamento minimale, non a seguito di una particolare intenzione di decorazione, accendo la televisione e inizio a fare i bagagli.

Non riesco a trovare il programma che c'era al bar, quindi cerco il mio nome su Google.

La prima cosa che esce sono i video.

Sono al centro di almeno tre diversi programmi nazionali e Art è intervistato dai presentatori di ciascuno.

"Che fottuto stronzo," dico, scuotendo la testa e afferrando la valigia dall'armadio.

Piego solo poche camicie e pantaloni insieme al mio paio di mocassini e lancio dentro i miei articoli da toeletta. Dall'armadio in basso, accanto al lavandino, tiro fuori una busta con tutti i miei passaporti. Grazie a un contatto da casa ne ho un certo numero, ma non sono del tutto sicuro di quale dovrei usare.

"Non dimenticate, è affascinante ma molto pericoloso." Sento Art dire in sottofondo. "È il principale sospettato responsabile dell'uccisione del suo ex partner..."

Chiudo il video.

Ne ho abbastanza della sua brutta faccia e delle sue bugie.

Perché mi sta facendo questo? Mi chiedo. Adesso?

Scuoto la testa ed emetto una piccola risata. Non è un grande mistero, però. Devono aver avuto qualcosa su di lui e questa era la sua via d'uscita.

O è quello o lo sta solo facendo per fottermi, decido, emettendo un profondo sospiro.

"Beh, vaffanculo, Art, non mi arrenderò così facilmente."

Prendo la mia valigia e guardo il posto per l'ultima volta. Mi mancherà stare qui.

Spero che quando tutto questo passerà, potrò tornare. Questa non sarà l'ultima volta che sarò qui.

Il golf cart mascherato da taxi mi preleva fuori dalla mia porta e mi porta al terminal dei traghetti dove arrivo sull'ultima barca per Belize City.

L'acqua è mossa e rimbalzo sul sedile di plastica sul ponte per tutto il viaggio. Mezz'ora dopo, quando arrivo sulla terra ferma, sono nauseato, ma non sono sicuro che il giro in barca sia l'unico colpevole.

Sono tentato di trovare un hotel in città e riposarmi, ma decido di non farlo. Questo paese è di lingua inglese e la maggior parte dei programmi televisivi arriva direttamente dagli Stati Uniti.

No, è molto meglio per me entrare in Messico il prima possibile. Il Messico è un paese enorme, in cui è molto più facile far perdere le proprie tracce piuttosto che in Belize.

Prendo un vero taxi fino al terminal degli autobus e compro un biglietto per Merida, in Messico. Venti minuti dopo, salgo sull'autobus ADO express insieme a tutti gli altri passeggeri e mi metto una felpa non appena mi siedo. Guardo fuori dal finestrino, chiedendomi come non riesca a vedere il mio respiro in questo veicolo estremamente climatizzato. Dopo che le valige di tutti sono sistemate, partiamo.

Ho ricezione per un po', abbastanza per scoprire che sono diventato una celebrità del crimine.

All'improvviso, tutti sono consumati dal caso di quello che è successo al mio partner e ci sono un certo numero di podcast dedicati al suo caso di persona scomparsa.

Ciò è insolito, dato che la maggior parte di questi spettacoli si concentra sulle sparizioni di attraenti donne bionde ventenni che scompaiono in circostanze insolite. Il caso del mio partner non è né insolito né sospetto.

Ha lavorato per la malavita. Ha rubato gioielli e altri oggetti costosi. Quando ha iniziato a lavorare per conto suo, la malavita si è arrabbiata e ha deciso di metterlo fuori gioco. È una storia vecchia come il tempo eppure, grazie ad Art, ora improvvisamente tutti sono preoccupati e tutti pensano che io sia il colpevole.

La ricezione scompare proprio mentre le strade passano dall'essere sconnesse a praticamente impraticabili. Scelgo un audiolibro e guardo fuori dal finestrino verso la giungla del Belize. A parte i fari dell'autobus, non ci sono luci che illuminano la strada. Chiudo gli occhi e cerco di rilassarmi.

3

NICHOLAS

QUANDO CI SONO DELLE COMPLICAZIONI...

Il mattino seguente, prendo un taxi dal terminal degli autobus e passo la giornata in un hotel, in attesa del mio volo. Dopo un lungo pisolino e una grande cena al ristorante al piano di sotto, mi sento un po' più riposato e preparato.

No, preparato non è la parola giusta. Solo riposato.

Una cosa è fare la traversata dal Belize al Messico con un passaporto falso, un'altra cosa è farlo dal Messico ad una località internazionale come la Thailandia.

Inoltre, c'è un mandato per il mio arresto e stanno mostrando la mia faccia sugli schermi televisivi in tutto il paese. Se ci fosse un singolo drogato di

spettacolo criminale all'aeroporto, allora sarei
totalmente fottuto.

Non voglio pensare a oggi come l'ultimo giorno della
mia vita, ma nel caso lo fosse e venga arrestato, voglio
avere lo stomaco pieno.

"È stato tutto di suo gradimento?" Chiede la
cameriera.

"Sì, è stato eccellente," dico. "Di dove sei?"

"Houston," dice lei con un sorriso.

Ha lunghi capelli dorati e occhi verdi. Alta e magra,
non assomiglia per niente a Olive, ma tutto in lei me
la ricorda.

Flirtiamo per qualche minuto e resto per qualche
altro drink. Quando se ne va per prendersi cura degli
altri clienti, il mio telefono fa uno squillo.

È un messaggio dalla mia banca. Il pagamento non è
andato a buon fine e hanno annullato il mio biglietto.

Merda.

Rileggo di nuovo l'e-mail, cercando di capire cosa
potrebbe essere successo.

Non ho avuto la possibilità di impostare una carta di credito con un nuovo nome, ma sul mio conto bancario ci sono molti soldi.

Inserisco la mia password e aspetto il caricamento della pagina.

Il mio conto è stato bloccato.

Merda.

Merda.

Merda.

Scuoto la testa. No, questo non può essere vero. Non è sotto il mio vero nome. Come hanno fatto ad avere questa identità?

La cameriera mi porta il conto e mi fermo.

Se do loro questa carta, il pagamento non verrà eseguito.

Cerco qualche soldo nel mio portafoglio, sapendo benissimo che non ho pesos.

"Mi dispiace così tanto, ho un problema con la mia banca al momento."

Lei mi fissa.

"Mi dispiace. Non avrei mangiato qui se lo avessi saputo, ma per qualche motivo non posso accedere al mio conto."

Lei scuote la testa.

"Posso pagarti in dollari americani?"

Lei ride.

"Cosa posso fare?" Dico, mostrandole la banconota da cinquanta.

Fa un respiro profondo mentre aspetto. Ho un'altra carta, ma non posso rischiare di usarla nel caso sia congelata.

Devo prima controllare il conto online.

Lei batte il piede sul pavimento prima di darmi finalmente una scrollata di spalle e gettare i capelli all'indietro.

"Succede, a volte, con i nostri clienti," spiega. "Dovrò addebitare un supplemento per il pagamento in dollari."

"Sì, certo." Emetto un sospiro di sollievo.

Per un secondo, ho pensato che avrebbe potuto

chiamare la polizia e poi sarei stato nel bel mezzo di una vera tempesta del cazzo.

Pago dieci dollari in più per la cortesia e le do una mancia. Ma rinuncio a prendere un altro drink perché non mi sono rimasti molti soldi.

Quando arrivo di sopra, accedo al computer e mi rendo conto che tutti i miei account sono bloccati. Non ho accesso a nulla. Ho questa stanza fino a domani sera, ma dopo non so nemmeno come potrei permettermi di pagare un soggiorno di una notte.

Il campanello suona.

Il mio cuore mi salta in gola.

Stringo un pugno e mi preparo per ciò che verrà. Mi giro e guardo fuori dalla finestra. Sono all'ottavo piano e quella via è impercorribile. Se quelli sono gli sbirri, l'unica via d'uscita da questo posto è direttamente verso di loro.

"Sono io," dice una voce femminile calma attraverso la porta. "Mallory."

"Ciao." Apro la porta alla cameriera di prima.

"Normalmente non lo faccio..." dice, guardando il pavimento.

"Entra, per favore." Chiudo velocemente la porta dietro di lei. "È bello passare più tempo con te. Non ero sicuro se stessi rischiando un po' troppo lì ... sul tuo posto di lavoro."

Lei si avvolge le mani attorno alle spalle e non dice nulla.

"Ho pensato che forse stessi solo flirtando con me per ottenere una mancia più grande," scherzo.

"Non esattamente." Ride. "Anche se l'ho apprezzata."

"Beh, io ho apprezzato il tuo aiuto. Sono in un piccolo casino, in questo momento."

"Oh, davvero?" Chiede, alzando le sopracciglia.

Annuisco, cercando di decidere quanto dovrei divulgare.

Da un lato, probabilmente è meglio tenerla fuori da tutto, ma dall'altro è l'unica persona che conosco in questa città e probabilmente è l'unica da cui potrei prendere in prestito qualche dollaro prima di riuscire a capire qualcosa.

Ma non è per questo che le ho offerto da bere e non è per questo che voglio che rimanga.

Fa dondolare i capelli da una parte all'altra e inclina la testa verso la mia. È innegabile, Mallory è piuttosto bella agli occhi.

Inoltre, ho iniziato a odiare il fatto di essere solo, dopo Olive. Tende a perseguitarmi di più quando sono solo. Ad un certo punto è diventato così ingestibile che l'unico modo per dormire è stato con una sconosciuta sdraiata accanto a me.

"Da quanto tempo sei in città?" Chiede Mallory quando le porgo uno shot di tequila.

"Beh, stasera avrei dovuto andarmene, ma ora non ne sono sicuro. Ho alcune cose da risolvere con la banca."

"La banca è chiusa," dice, bevendo un sorso.

"Sì, lo so." Le faccio un cenno del capo. "Non posso fare nulla fino a domani."

Mi muovo di qualche centimetro più vicino a lei e poso il bicchiere.

Lei mi guarda.

Premo le mie labbra sulle sue e lei mi bacia di rimando.

Abbiamo fame l'uno dell'altra e i nostri vestiti cadono uno per uno.

Mi perdo nel momento in cui lei sussurra "Eric," il nome che le ho dato.

Quando la guardo sotto di me, il suo viso scompare e diventa Olive.

4

OLIVE

QUANDO SPARIAMO...

Di mattina, mi vesto a strati, che pian piano tolgo durante il giorno.

Mi sveglio verso le otto e dopo mezz'ora di relax a letto, mi vesto e vado a fare una passeggiata. Ci sono alte montagne proprio fuori da casa nostra, una con un picco di circa tremila metri.

I vicini mi hanno detto che in inverno è coperta di neve, quaggiù in valle la temperatura resta sui venti gradi e il cielo è più blu che mai.

Le palme accompagnano la mia passeggiata di tre chilometri poiché quasi tutte le case ne hanno una o due nel cortile. Questa è una parte più antica della città, nel senso che è stata costruita negli anni '50 e l'architettura è quella che chiamano moderna.

Tutte le case, compresa la nostra, sono a un piano, circa seicento metri quadrati, alcune molto di più. I cortili sono dotati di un ampio spazio verde con siepi per garantire la privacy da occhi indiscreti. La maggior parte ha anche piscine e vasche idromassaggio.

I soffitti all'interno sono relativamente alti ma non simili a quelli di una cattedrale come quelli della vecchia casa a est. Abbiamo un soffitto a volta nella nostra, con una grande finestra che dà sulla strada lì davanti. Il posto è arredato con mobili in stile moderno per completare il look. Quasi l'unica cosa che fa sembrare che sia il 2020 è la televisione da sessanta pollici montata sul muro.

Dopo la mia passeggiata, durante la quale saluto almeno cinque cani e i loro proprietari, arrivo dritta in piscina.

Questo è uno dei luoghi più secchi degli Stati Uniti, se non del mondo, con l'umidità che si aggira intorno al quindici per cento. Riscaldiamo la piscina a trenta gradi, il che potrebbe sembrare tiepido, ma in realtà non lo è affatto. A causa della secchezza dell'aria, la piscina è abbastanza rinfrescante e poi piuttosto fredda quando ne esci.

Dopo aver nuotato per un po', mi asciugo con un asciugamano, il che richiede alcuni secondi, e mi siedo con un libro sul lettino. Il cuscino è incredibilmente morbido ed è curvo per adattarsi al corpo umano, rendendolo particolarmente confortevole. Se esiste una cosa come il paradiso, è questa.

Quando ho immaginato per la prima volta di andare in California, ho cercato di placare le mie aspettative. Non c'era modo che sarebbe stata, o potesse essere, sorprendente come l'avevo immaginata.

Sì, ci sarebbe stato il sole.

Sì, ci sarebbe stato un clima piacevole tutto l'anno.

Sì, non ci sono molti insetti, né c'è neve ghiacciata che ferma la macchina.

Ma non potrebbe essere tutto così perfetto, giusto?

Qualcosa doveva essere sbagliato.

Non sapevo quanto sarebbe stato davvero meraviglioso.

Il cibo è di qualità altissima e i ristoranti servono antipasti unici e deliziosi.

Le persone sono gentili, educate e amichevoli.

Tutti sembrano felici.

Mi ricorda uno dei primi giorni di maggio, quando fa abbastanza caldo perché tutti possano uscire e godersi la vita e per quel breve giorno tutti in città sembrano contenti e felici. Beh, qui è così tutto il tempo.

Quando diventa un po' troppo caldo, al sole, mi cambio il costume da bagno e afferro il mio iPad. Il nostro appartamento in affitto ha una sedia a dondolo nell'angolo del cortile che è in genere all'ombra. È foderata con cuscini e un tappeto in finta pelle di pecora.

Appoggio i piedi sul morbido pouf di fronte e mi dondolo mentre leggo. Il tempo passa lentamente e tuttavia rapidamente. Prima che me ne renda conto, è pomeriggio e ho finito il mio libro.

Più tardi quella sera, quando il sole inizia a

tramontare, mi metto le scarpe da ginnastica e faccio un po' di jogging. Prima di arrivare qui, non correvo da anni.

Ma i giorni sono lunghi ed è bello riempirli con un po' di attività fisica. Quando ho iniziato, alcune settimane fa, non riuscivo nemmeno a correre per mezzo chilometro, ma ora posso farne tre.

I miei polmoni stanno bruciando, ma mi prendo il mio tempo e vado il più lontano possibile.

Prima avevo delle fitte ai fianchi, ma ora non più.

Non corro molto veloce, ma sono orgogliosa del lavoro che sto facendo.

Incontro gli stessi proprietari di cani che avevo incontrato prima quel giorno, solo che questa volta la nostra interazione è solo un saluto. Vorrei inginocchiarmi e accarezzare ogni cane, ma questo mi farebbe spezzare il ritmo e ho imparato che in questo tipo di cose il ritmo è tutto.

Di ritorno a casa, sudata e con la faccia rossa, mi metto il costume da bagno nella camera da letto principale con una porta scorrevole che si affaccia sul cortile e salto in piscina per rinfrescarmi.

"Nuoti di nuovo?" Owen esce con una birra in mano.

"A te non piace da morire?" Chiedo.

Owen scrolla le spalle.

Quando siamo arrivati qui, nuotava tutto il tempo, ma mesi dopo la novità è svanita.

Non è successo per me.

In realtà, dubito che lo farà mai.

Se dovessi comprare una casa, ora so che una piscina e una vasca idromassaggio sono un must.

"Non riesco a credere che tu stia ancora nuotando così tanto," dice lui, scuotendo la testa.

"Non riesco a credere che tu stia ancora bevendo così tanto," sottolineo.

Quando siamo arrivati qui per la prima volta, ci siamo concessi un po' troppi drink, ma dopo un po' mi sono stancata di svegliarmi con forti mal di testa.

Dopo che ho smesso, Owen ha iniziato a bere di più.

Ora, non lo vedo quasi mai senza una birra in mano.

"Almeno, non bevo niente di troppo forte," dice.

"Sì, immagino di sì. Ma non sono certa che sia una buona idea bere durante tutto il giorno."

Si stringe nelle spalle e china la testa.

So che odia che io ne parli.

Ma cos'altro devo fare mentre lo vedo cadere? Non dovrei provare affatto a fermarlo? Non dovrei provare a frenarlo nemmeno un po'?

Esco dalla piscina e mi avvolgo l'asciugamano intorno.

La mia pelle si ricopre di pelle d'oca finché non mi asciugo.

"Sai che non intendo nulla dicendo questo, giusto?" Chiedo. "Sono solo preoccupata. Non voglio che le cose ti sfuggano di mano."

"Non esserlo," dice Owen. "Cosa... pensi che diventerò un alcolizzato o qualcosa del genere?"

"È possibile." Annuisco. "Succede."

"Beh, non a me."

"È una malattia, Owen. Non c'è niente di cui vergognarsi. Ed è progressiva, quindi se continui così, dopo un po' non riuscirai a smettere."

I suoi occhi diventano gelidi mentre serra la mascella. Sta per dirmi qualcosa, ma sceglie di tenerlo per sé.

Entro nella mia camera da letto, ma Owen mi chiama subito prima di chiudere la porta.

"Oh, ehi, penso che vorresti voler uscire e vedere cosa stanno mostrando in TV," dice.

"Che cos'è?"

"Riguarda Nicholas."

5

OLIVE

QUANDO LO RIVEDO...

Non so esattamente cosa intenda Owen e non voglio saperlo. Sono stanca che mi faccia stare male per Nicholas. Ho molti rimpianti nella mia vita, ma innamorarmi di lui non si avvicina nemmeno ad esserlo.

È entrato nella mia vita come un incendio e ha distrutto quasi tutto. Eppure, proprio come un incendio, la sua presenza mi ha dato l'opportunità di ricominciare la mia vita.

Alle mie condizioni.

Sono arrabbiata con Nicholas.

Incazzata.

Irritata.

Delusa.

Ma più passa il tempo, più mi manca.

Odio quanto tempo abbia buttato via.

Mi ha mentito, eppure adesso, tutti questi mesi dopo, penso di averglielo permesso.

Non l'ho tenuto abbastanza a bada.

Non ho sollevato tutte le cose che avrei dovuto.

Mi vesto lentamente, indossando gli strati che di solito indosso la mattina e la sera quando le temperature esterne scendono di una ventina di gradi.

Prima di lasciare la mia stanza, faccio un respiro profondo e concentro la mia mente.

Nicholas non è un argomento di conversazione facile tra Owen e me.

Owen non vede altro che il peggio in lui.

Crede che abbia ucciso la sua ragazza e il suo partner e sa che lo ha tradito, e userà ogni occasione per sbattermelo in faccia.

"Non ricordi il nostro patto?" Chiedo, entrando nel soggiorno dove Owen è disteso sul divano con un grande sorriso in faccia.

È così ubriaco che riesce a malapena a tenere gli occhi aperti, ma la birra in mano rimane perfettamente verticale.

"Che è?" Chiede.

"Che non ne avremo parlato di nuovo."

"Bene, se è quello che vuoi," dice lentamente Owen, biascicando un po' le sue parole. "Ho solo pensato che potresti essere interessata a quello che stanno dicendo su di lui ai telegiornali."

Corrugo la fronte e mi giro verso la televisione.

Ci sono enormi immagini di lui in giacca e cravatta con le parole Nicholas Crawford proprio sotto.

Porto la mia mano sulle labbra, riluttante a credere ai miei occhi.

Owen toglie la pausa dalla televisione e America's Fugitives inizia.

Il narratore spiega come Nicholas lavorasse per uno dei più grandi sindacati del crimine organizzato nel Nord-est, fino a quando lui e il suo partner hanno deciso di rompere, fare affari da soli e tenere il loro capo fuori dal giro.

Il programma non rivela molti nomi oltre a Nicholas, né va oltre a nulla delle generalità.

Ciò che offre è un'intervista con Art Hedison che ha discusso in dettaglio di quanto Nicholas sia pericoloso e che l'FBI abbia ora bisogno dell'aiuto del pubblico per localizzarlo.

"Quel coglione," dico scuotendo la testa. "Lo ha tradito, cazzo. Abbiamo fatto quel lavoro per aiutarlo ed eccolo in prima serata..."

Le mie parole svaniscono mentre la rabbia inizia a gonfiarsi.

"No, è Nicholas il coglione," dice Owen. "Non avrebbe dovuto fidarsi dell'FBI. Avrebbe dovuto informarci."

Usa la parola *noi*, quando è davvero solo *lui*.

Io non ho fatto niente.

Non ho mai tradito nessuno e non ho debiti con nessuno.

"Non riesco proprio a credere che ora sia un fuggitivo," dico con un sospiro.

Per la prima volta in assoluto, ho davvero paura che succeda qualcosa di brutto a Nicholas.

Prima, tutte le mie preoccupazioni erano così concentrate su Owen e ora c'è improvvisamente un altro uomo nella mia vita di cui preoccuparsi.

L'FBI gli sta dando la caccia.

La sua faccia è dappertutto sui notiziari.

Quando cerco il suo nome sul telefono, mi rendo conto che è il criminale di cui tutti parlano.

Ci sono podcast ed episodi di YouTube di produttori indipendenti dedicati al suo caso.

"Perché sei così arrabbiata al riguardo?" Chiede Owen. "Se lo doveva aspettare."

"Come puoi perfino chiedermelo?" Dico.

"Come posso non farlo? Ti ha tradita. Ti ha fottuta."

"No, ha mentito. Non avrebbe dovuto, ma era nella merda. Non aveva scelta."

"Sei una fottuta idiota," dice Owen. "Quanto ci vorrà per farti capire che è un truffatore e un bugiardo e non gliene frega niente di te."

Faccio un respiro profondo.

Lo odio quando mi parla così.

È ubriaco.

Non è una scusa, ma non mi parlerebbe mai così, da sobrio.

Rispondere ad Owen peggiorerebbe solo le cose e tuttavia non posso farne a meno.

"Chi cazzo credi di essere?" Chiedo il più severamente possibile, stringendo le mani in pugni. "Non parlarmi così."

"Okay, mi dispiace, Olive. Per favore," dice rapidamente, le sue parole si precipitano l'una sull'altra. "Odio solo quanto ti interessi ancora a lui.

Non capisci? Art è uno stronzo, ma ci sta dicendo la verità. Ha ucciso il suo partner. Hanno un caso aperto contro di lui."

Inspiro profondamente.

In realtà non so se abbia ucciso il suo partner e, dato il suo tipo di lavoro, è una possibilità reale.

"E la mia ragazza. Ha ucciso anche lei. Lo dimostreranno un giorno, vedrai."

Scuoto la testa e incrocio le braccia.

"Non mi credi?" Chiede Owen.

Sembra ferito, come se gli avessi appena sparato al cuore.

"Non lo so, Owen," cedo un po'.

È troppo ubriaco per avere una normale conversazione, ma non c'è modo che io sollevi mai la questione quando è sobrio.

"Questo è solo l'inizio della scoperta della verità su di lui, Olive. È affascinante e simpatico, ma è una persona terribile. So che un giorno lo capirai."

Odio la sua certezza e odio la mia incertezza.

Vorrei potergli credere e non credere a tutto ciò che dicono di lui.

Ma non è così.

Non ho alcuna buona ragione o prova, solo il mio cuore.

È abbastanza, vero?

Per ora, deve esserlo.

6

OLIVE

QUANDO INCONTRO UNO SCONOSCIUTO...

Ho SEMPRE AVUTO FREDDO, da che io ricordi.

Le mie mani e i miei piedi sono particolarmente sensibili, soprattutto la mattina.

Mi è appena capitato di parlarne con una donna che vive a poche case di distanza. Scopro che ha un dottorato di ricerca in medicina naturale ed è stata lei a menzionare che avrei dovuto controllare la mia tiroide.

Se non avessi voluto andare dal dottore, allora avrei potuto usare un termometro e registrare la mia temperatura ogni mattina per tre giorni di fila, subito dopo il sonno e prima di andare in bagno o fare qualsiasi movimento. Quindi, avrei dovuto sommare il numero e dividerlo per tre. Se la mia temperatura corporea fosse stata inferiore a trentasei gradi e mezzo, avrei avuto una tiroide mal funzionante.

Quando sono tornata a casa e ho fatto più ricerche online al riguardo, ho scoperto che in realtà mi rivedevo in molti dei sintomi per quanto riguarda questo problema.

Ho sempre freddo.

Sono spesso stanca per nessun motivo.

I miei capelli sembrano diradarsi.

La mia pelle è secca.

Ho difficoltà a perdere peso, anche se ho seguito una dieta Keto piuttosto rigida (inoltre, sostituendo la carne con il pesce ed evitando i latticini).

La mia vicina ha anche detto che anche se normalmente la frutta a guscio è una buona cosa da consumare, è piuttosto grassa, specialmente le noci, e se ne mangiassi troppe rallenterebbero ancora di più la mia funzione tiroidea.

Inoltre, qualche mese fa, ho eliminato tutto il sale pensando che il mio problema fosse che stavo trattenendo troppa acqua. Beh, ho scoperto che il sale è essenziale per le persone con tiroidi poco performanti e ciò sembra che abbia rallentato ulteriormente la mia.

Tutto ciò sembrava spiegare perché il mio peso non si è mosso anche se ho fatto molti sforzi per perdere qualche chilo nelle ultime due settimane.

Oggi è il terzo giorno in cui prendo integratori per la tiroide, insieme a gocce di ferro e iodio. Ho ancora freddo la mattina, ma non tanto quanto una volta. E ho notato che ho molta più energia durante il giorno.

Oltre agli integratori, ho anche cambiato la mia dieta rendendola più a base vegetale e sto bevendo frullato verde ogni mattina. Non sono mai stata una grande fan delle verdure, ma improvvisamente ho sviluppato un certo gusto.

Mi metto le scarpe da ginnastica e mi dirigo in cucina a preparare il frullato. Taglio due gambi di sedano, un cetriolo, aggiungo aneto e prezzemolo insieme a due cucchiaini di proteine organiche di piselli di Trader Joe's. Dopo aver aggiunto una tazza d'acqua, mezzo limone e sale, stringo il coperchio e avvio il frullatore.

"Ehi!" Qualcuno urla sopra la cacofonia del suono.

La voce mi fa sussultare e salto lontana dal bancone con il cuore in gola.

"Oh mio Dio, non volevo spaventarti," dice la donna con un'espressione preoccupata sul viso.

"No, mi dispiace," dico, scuotendo la testa e cercando di tenere il respiro sotto controllo.

Ha circa la mia età, con lunghi capelli scuri e pelle olivastra.

La t-shirt dei Metallica di Owen sembra un vestito addosso a lei.

Le sue gambe sono nude, così come i suoi piedi.

Si presenta come Shelly, stringendomi la mano e aggiustandosi la maglietta mentre parla.

"Sono una cameriera al Fire Lounge," dice Shelly, massaggiandosi la parte anteriore del piede con il tallone dell'altro.

"È un piacere conoscerti," dico. "Vuoi del caffè?"

"No, grazie, ma mi piacerebbe un po' di quel frullato."

"Sì, certo," dico, versandone metà in una tazza per lei.

"Sei sicura? Lo voglio solo se tu ne hai di più."

"Ho un sacco di verdure in frigo. Non è un problema, davvero."

"Adoro bere questo genere di cose al mattino, ma sono sempre troppo pigra per farlo da sola. Quindi finisco per andare da Jamba Juice."

"Sì, all'inizio è un po' doloroso, ma ci si abitua," dico.

Prendiamo qualche sorso ascoltando il silenzio. Mi piace che sia qui.

A volte, avere un sacco di tempo a tu per tu con Owen diventa un po' estenuante. Spero che rimarrà per il resto della giornata.

"Posso chiederti una cosa?" Chiede Shelly, asciugandosi i baffi verdi dalle labbra.

Annuisco.

"Tuo fratello fa questo genere di cose... spesso?"

"Cosa intendi?"

"Portare qualcuno a casa dal bar?"

"No," dico, scuotendo la testa.

"Questo è quello che mi ha detto, ma sai com'è, lo dicono tutti," dice Shelly, scrollando le spalle. "L'ho detto io stessa circa mille volte."

Ridiamo entrambe.

"Ti piace, eh?" Chiedo.

Annuisce e guarda il pavimento come se avesse appena ammesso qualcosa di imbarazzante.

"No, non lo fa spesso," dico. "In realtà, viviamo qui da alcuni mesi, ormai, e non ha mai portato una ragazza a casa, prima."

"Davvero?" I suoi occhi si illuminano, increduli.

Le faccio una scrollata di spalle e un occhiolino.

Entrambe speriamo in Owen.

Shelly vuole che lei gli piaccia tanto quanto lui piace a lei e anche io lo voglio. Ho la sensazione che una ragazza sia esattamente ciò che renderebbe Owen un po' meno pressante con me.

Distoglierà la sua attenzione da me e forse avere qualcuno con cui si diverte a passare del tempo lo farà anche bere un po' meno.

Owen esce dalla sua stanza, indossando solo i pantaloncini. Dà a Shelly un piccolo bacetto sulla guancia e poi avvolge il braccio intorno alla sua spalla.

"Ehi, ragazze," dice. "Di cosa stai parlando?"

"Le tue orecchie fischiano?" Chiedo.

Shelly sorride e guarda il pavimento.

Lui le toglie i capelli dal viso e le dà un altro bacio, questa volta sulla bocca.

Un'ondata di sollievo mi travolge.

Gli piace. Gli piace davvero!

"Voi due avete programmi per oggi?" Li spingo.

"Non lo so, forse avremo un brunch. La mia giornata è piuttosto libera," dice Owen, rivolgendosi a Shelly.

"Non devo essere al lavoro fino alle nove, quindi possiamo fare... qualunque cosa." I suoi occhi brillano al pensiero di passare il tempo con lui.

"Vuoi venire?" Offre Owen.

"No, sto bene, divertitevi."

Quando esco per la mia passeggiata, non posso fare a meno di sorridere.

Eccoci qui.

Ha incontrato una ragazza simpatica che lo porterà fuori da quel luogo buio in cui si trova da quando siamo arrivati.

Chiudendo la porta dietro di me, guardo indietro.

Owen ha ancora il braccio attorno a Shelly, ma i suoi occhi fissano i miei.

7

OLIVE

QUANDO ESAMINO IL DOCUMENTO...

TRASCORRO LA MATTINA seguente bighellonando nel letto oltre il momento in cui dovrei alzarmi.

È bello non attenersi al programma che mi ero prefissata e fare una piccola pausa. Dopo aver finito un altro libro, i miei pensieri tornano alla cartella che Nicholas mi ha dato.

Ha detto che stava aspettando il momento giusto per darmela, ma che non si è mai presentato. Perché diavolo no?

Non so da quanto tempo abbia la cartella, ma devono essere passati secoli. Ci sono state così tante volte in cui ho pianto sulla sua spalla cercando di capire cosa fare e dove andare.

Ho molti motivi per cui arrabbiarmi con lui e questo è quello che probabilmente mi fa incazzare di più.

Perché ha aspettato?

Perché non me l'ha detto?

Apro la cartella e leggo il contenuto per quella che sembra la milionesima volta.

Conosco il suo nome.

Conosco un po' della sua storia.

So che proveniva da una famiglia benestante.

Soprattutto, so dove abita. Proprio qui, a Palm Springs, in California.

Quando è stato il momento di decidere da dove iniziare le nostre nuove vite, Owen aveva molte proposte, ma io ne avevo solo una.

La mia vera madre vive a Palm Springs ed è l'unico posto in cui volevo andare.

Non ha idea che sia per questo che ho insistito per venire qui. Ho elogiato il sole, le palme e l'eterna estate, ma ho minimizzato un motivo importante.

Perché l'ho fatto?

Non sono sicura che Owen sarebbe venuto qui con me, altrimenti.

Non è che non sia interessato a trovare mia madre, ho solo la sensazione che avrebbe obiettato.

E come dice quel detto?

È più facile chiedere scusa che chiedere il permesso?

Non volevo avere ancora un'altra cosa di cui litigare.

Non volevo che dicesse di no, quindi non l'ho mai chiesto.

Quello che Owen sa è il suo nome e le cose basilari su di lei.

Avrei felicemente tenuto la cartella per me, ma ero troppo sconvolta per nasconderla quando è tornato nella mia stanza. Ero anche troppo arrabbiata e delusa.

Quindi, ha visto alcune delle pagine, ma non quella alla fine.

Non quella con il suo indirizzo. Altrimenti, avrebbe saputo che vive esattamente a 5,4 chilometri da noi.

Mi stanco di bighellonare e decido finalmente di prendere un po' d'aria fresca e fare un'escursione.

Mi sto annoiando a correre su e giù per le stesse strade per tutto il tempo, quindi ieri sera ho scaricato l'app All Trails che mostra tutte le escursioni da fare qui intorno.

Con mia grande sorpresa, ci sono oltre cinquecento escursioni nella Coachella Valley. Ce ne sono almeno cinque che si trovano entro otto chilometri dalla casa.

Prendo la mia bottiglia d'acqua, un piccolo sacchetto di noci e semi di girasole e il mio telefono. Meno di dieci minuti dopo, sto andando a fare la mia prima escursione.

Il percorso inizia nel centro visitatori, dove mi mostrano una mappa di dove mi sto dirigendo. Il suolo del deserto è coperto da cespugli di creosoto. Alcuni sono bassi, ma altri possono essere alti fino a tre metri. Quando mi chino a guardare le foglie scure, noto che odorano un po' di pioggia.

Il sentiero mi porta più lontano dalla civiltà, giù per la valle sottostante, e più in alto tra le pieghe delle montagne.

Una volta che arrivo dietro la curva, grandi massi che sono più alti di me percorrono il sentiero come se fossero il cancello che mi invita a entrare.

Il sentiero si snoda sempre più in alto, prima che la città sottostante scompaia del tutto. Mi giro e la guardo un'ultima volta.

Quassù, le montagne sono scure e rosse, ma guardando la città tutto ciò che vedo è un muro di verde.

Ci sono così tante palme che fiancheggiano le strade che l'intera valle sembra una foresta pluviale tropicale.

Quando il sentiero diventa ancora più ripido e devo arrampicarmi su alcune rocce, il mio telefono vibra. Sto ascoltando un audiolibro e penso di ignorare la chiamata, ma poi vedo da chi viene, Sydney.

Non parliamo da un po' e mi manca.

"Ehi!" Dico, sbuffando e cercando di riprendere fiato.

Lei preme immediatamente il pulsante FaceTime e anche se ora mi pento totalmente della mia decisione di rispondere alla sua chiamata, non ho scelta.

"Oh mio Dio, dove sei?" Chiede con la sua voce frizzante.

Capovolgo il telefono e le faccio vedere le montagne che mi avvolgono.

"Quel posto è assurdo," dice Sydney.

"Lo so, vero?"

"Quindi, cosa stai facendo?"

Giro di nuovo il telefono verso di me e cerco di non concentrarmi sulla mia faccia rossa e sudata nell'angolo in alto a destra.

"Sto facendo un'escursione. Questo canyon è a soli dieci minuti di distanza e ho pensato di provare."

"Vorrei essere lì," dice.

"Anch'io!"

"Quindi, immagino che tu sia una ragazza californiana super sana ora, eh?" Scherza.

Annuisco.

"È disgustoso." Annuisco. "Dovresti vedermi. Bevo frullati verdi a base di verdure più volte al giorno e corro, nuoto, e, a quanto pare, sto facendo un'escursione!"

"Mi fai star male!" Ride.

"Devi venire a trovarmi e salvarmi dal diventare la super me."

"Lo farò!"

Sydney non sa esattamente dove io sia, ma sa che sono in California.

Forse dovrei stare più attenta e non usare FaceTime con lei per ogni evenienza, ma so che non dirà mai niente a nessuno.

Le chiedo come lei stia, ma ne parla solo brevemente prima di arrivare al vero motivo per cui ha chiamato.

"Ho visto Nicholas in TV," dice.

"Sì, anch'io," dico con uno sbuffo proprio mentre una fitta nel fianco si fa sentire.

Stanca, lascio cadere la mano lontana dal viso.

"Stai bene?"

"Sì, sto bene." Smetto di provare a camminare e parlare allo stesso tempo. "L'ho visto anche io."

"Cosa significa?"

"Non lo so. Immagino che l'FBI lo stia cercando."

"Dicono che abbia ucciso il suo partner," sussurra.

"Non l'ha fatto," dico.

"Sei sicura?"

"Sì, non l'ha fatto, Syd."

Per quanto voglia dirle i dettagli di quello che abbiamo fatto insieme in quella casa, lei non ne sa molto e tanto meno sa, meglio è.

Non sa che Nicholas stava lavorando come informatore per l'FBI e non sa che stava fornendo loro informazioni su Owen.

Sa che alcune persone cattive cercano Owen per quello che ha detto in prigione e che lo vogliono morto.

E lei sa che Nicholas e io ci siamo lasciati.

Ne parliamo per un po' mentre mi arrampico sempre più in alto e poi all'improvviso la linea inizia a cadere. Siamo costrette a interrompere la nostra conversazione e prometto di richiamarla non appena tornerò a casa.

Un'ora dopo, entro nella mia stanza, inzuppata di sudore, e trovo Owen seduto sul bordo del letto a leggere il dossier su mia madre.

8

OLIVE

QUANDO LUI SCOPRE IL MIO SEGRETO...

"CHE COSA CI FAI QUI?" Chiedo, tenendo la maniglia della porta per avere supporto.

"Cos'è questo?" Chiede, girando il suo corpo verso di me.

"Cosa stai facendo nella mia stanza? Perché stai guardando le mie cose?" Chiedo di sapere.

Si stringe nelle spalle innocentemente e si lecca le labbra.

Prendendo tempo, forse?

O solo cercando di capire cosa dire?

"Stavo solo cercando di scoprire qualcosa in più su tua madre. Eri così... reticente su questa cosa."

"Non ero reticente-" Comincio a dire sulla difensiva.

"Allora perché non mi hai detto la verità?"

Owen restringe gli occhi.

Non so dire quante birre abbia bevuto oggi, ma sono certa che non sia completamente sobrio.

"A proposito di cosa?" Chiedo.

"A proposito di questo!" Si mette in piedi, alzando la cartella in aria.

Finalmente distendo la mano lontana dalla maniglia della porta, faccio qualche passo più vicino a lui e gli prendo la cartella dalla mano.

"Voglio che te ne vada," dico piano ma con sicurezza.

"Non me ne andrò finché non ne parleremo." Si siede di nuovo, incrociando le braccia. "Non me ne andrò finché non mi dirai perché volevi venire qui."

"Lo sai già," sussurro.

"Voglio sentirlo dalla tua bocca."

"Che cosa? Cosa vuoi sapere?"

"La verità!" Ruggisce.

Aspetto che il silenzio cada di nuovo tra noi prima di dire un'altra parola.

"Bene," mi arrendo.

Lo sa già, quindi perché litigare?

"Volevo venire a Palm Springs perché è qui che vive la mia vera madre," dico piano.

Lui non risponde.

"Sei felice adesso?" Lo sfido.

"Perché non me l'hai detto? Non pensavi che avrei capito?"

"No, non è quello."

"Allora, perché?"

"Non ero sicura di come avresti reagito e non volevo saperlo. Non volevo che scartassi questo posto perché voglio incontrarla."

"Allora, non l'hai ancora incontrata?"

"No," dico.

"Perché no?"

Non dico niente.

Invece, mi chino e guardo le mie scarpe.

Una goccia di sudore mi scende dalla fronte e atterra sul pavimento.

"Perché ho paura," dico dopo un momento.

Mi fissa incredulo.

"Siamo stati qui tutto questo tempo e non hai nemmeno provato ad andare a vederla?"

"No," dico, scuotendo la testa. "Lo farò, ho solo bisogno di più tempo. Più coraggio. Non lo so. Più di qualcosa."

La sua rabbia nei miei confronti sembra dissiparsi ma non posso dire la stessa cosa della mia.

Questi ultimi due mesi sono stati più che un po' impegnativi e Owen non ha fatto nulla per rendere migliore la cosa.

Sta bevendo.

Mi sta dicendo cosa fare, no, mi sta maltrattando.

Cammino su spille e aghi intorno a lui, temendo di dire qualcosa di offensivo per paura della sua rabbia.

Non ha mai alzato le mani, ma le sue parole fanno male come l'inferno.

E questo?

Trovarlo qui nella mia stanza, guardando le mie cose personali?

Cosa gli dà il diritto di farlo?

Oh, sì, certo, io.

Sono io a stabilire i confini, o la loro mancanza.

"Perché eri nella mia stanza?" Chiedo.

La mia voce è morbida, ma ferma.

Questa conversazione non sarà io che risponderò alle domande, per una volta, sarà *lui* a farlo.

"Non lo so," dice dopo un momento. "Immagino di essere venuto qui alla ricerca di qualcosa."

"Non puoi farlo."

"Lo so."

"No, non lo sai," insisto. "Altrimenti, non avremmo questa conversazione."

"Mi dispiace, va bene?" Dice Owen. "Cos'altro vuoi che dica?"

"Non lo so, ma non sembra che ti dispiaccia. Niente affatto," dico, scuotendo la testa.

Faccio scorrere il dito sul cassettone. Il legno è liscio e lucido. All'apparenza sembra perfetto. Ma quando guardi un po' più da vicino, quando lo tocchi, puoi sentirlo. Alcuni direbbero che questo tipo di imperfezioni lo fanno sembrare reale, ma io mi chiedo perché la vita debba essere incentrata su difetti, carenze ed errori? O è solo la mia vita?

Owen e io parliamo per un po', ma la conversazione va solo in tondo.

Si scusa ancora e ancora, ma nessuna delle sue scuse sembra sincera.

Anche se lo fossero, non mi interessa.

Sono stanca.

Sono stufa di essere qui con lui.

Anche se sono appena tornata da un'ardua

camminata, esco di nuovo. Il sole è ancora alto nel cielo e batte sul mio corpo già stanco. Prendo qualche sorso dalla mia bottiglia d'acqua, ma la mia sete è solo soddisfatta temporaneamente.

"Che cosa ho intenzione di fare?" Mi chiedo ad alta voce.

La strada è deserta ad eccezione di un'auto da qualche parte in lontananza.

Continuo a camminare.

C'è qualcosa nel muovermi che mi schiarisce le idee.

Voglio andare nella mia stanza e rannicchiarmi nel mio letto, ma la sua presenza nella mia stanza ha contaminato il mio spazio sacro.

Non è che non voglia più bene a Owen.

È ancora mio fratello.

È solo che non posso sopportare di vivere con *lui*.

È una casa con due camere da letto e tuttavia quando è a casa, il che succede abbastanza spesso, sembra consumare tutto l'ossigeno del posto.

Molto di ciò ha a che fare con il suo bere.

All'inizio, abbiamo bevuto per festeggiare.

Poi ha bevuto perché si è annoiato.

E adesso? Ora, sospetto che beva perché *deve*.

Il mio piede si scontra con il pavimento in modo strano e inciampo, quasi perdendo l'equilibrio.

All'improvviso, mi colpisce.

Siamo venuti fin qui, a cinquemila chilometri di distanza, per iniziare una nuova vita, ma nessuno dei due lo ha fatto.

Vite normali includono svolgere lavori e avere amici e una sorta di ritmo regolare.

Forse uno dei motivi per cui è così annoiato e perché beve così tanto è che non ha nient'altro da fare.

Gli piace leggere e quando era in prigione era praticamente tutto ciò che aveva.

E adesso? Ha bisogno di più.

Ma io?

Potrei provare a ottenere un altro lavoro di scrittura di contenuti o qualche altra posizione nella scrittura educativa.

O forse posso lavorare in un centro di tutoraggio?

Nonostante tutta la mia istruzione, non è mai stato quello che volevo fare e ora che ho un po' di soldi e non ho davvero bisogno di avere quel lavoro, non voglio farlo.

Tuttavia, devo fare qualcosa.

Ma cosa?

9

OLIVE

QUANDO SI SCUSA...

Mɪ ᴘʀᴇᴘᴀʀᴏ per ulteriori conflitti quando il sole inizia a tramontare e non ho altra scelta che tornare a casa.

Faccio un respiro profondo prima di varcare la soglia e sono piacevolmente sorpresa nel trovare Owen in cucina a cucinare.

Il tavolo nella sala da pranzo è completamente apparecchiato per due, inclusi segnaposti, bicchieri da vino, piatti, utensili e tovaglioli.

Non avevo idea che avessimo segnaposti o tovaglioli.

"Dove hai trovato tutta questa roba?"

"Nei mobili, proprio qui." Indica l'anta in basso proprio accanto alla lavastoviglie.

Guardo la stufa e vedo che sta preparando salmone, riso al cavolfiore e asparagi.

"Allora, qual è l'occasione?" Chiedo.

"Volevo solo scusarmi formalmente per quello che ho fatto e ricominciare. Pagina nuova e tutto il resto."

Annuisco.

Dopo essermi cambiata i vestiti sporchi, esco mentre impiatta la mia cena.

Mi versa un bicchiere di vino e riempie il suo.

Non sono sicura di quanto abbia bevuto, oggi, ma non sembra letargico e intossicato come al solito.

Il cibo è delizioso e apprezzo lo sforzo.

Quando schiocca le labbra, orgoglioso della sua stessa creazione, rido.

"Ecco," dice. "questo mi mancava."

"Che cosa?"

"Stai ridendo. Sembra che non ridiamo da secoli."

"Infatti," sono d'accordo.

Prendiamo qualche altro boccone.

Bevo un altro sorso di vino.

"Ho pensato a una cosa," dico con esitazione.

Mi guarda e aspetta.

"Siamo in questo nuovo posto, nuova città, nuova costa, per iniziare le nostre nuove vite. Ma non lo stiamo facendo davvero."

"Cosa intendi?"

"Beh, sembra di essere qui solo in... vacanza," mi fermo, aspettando la parola giusta.

Mi fa un lieve cenno del capo per andare avanti.

"Non è vero?" Chiedo. "Voglio dire, non facciamo davvero nulla. Non lavoriamo, non abbiamo amici... Penso che sia per questo che abbiamo questi problemi."

Evito intenzionalmente di usare la parola "tu" anche se è questo ciò che intendo.

Non è che io non abbia problemi, ma il mio problema in questo momento è principalmente lui.

"Sì, ci ho pensato anch'io," dice Owen, massaggiandosi il mento. "È un po' noioso non fare nulla tutto il giorno, non è vero?"

"Sì, un po'."

"Non è che abbiamo esattamente bisogno di soldi, ma a volte ciò pone ancora più problemi. Ad esempio, improvvisamente, siamo costretti a decidere cosa vogliamo veramente fare della nostra vita."

Owen finisce l'ultimo boccone e lascia la forchetta e il coltello sul piatto.

"Che tipo di lavoro vorresti?" Chiede.

Mi sistemo sulla sedia cercando di capire cosa fare della mia vita.

Questa domanda è così semplice eppure non ci ho mai pensato molto.

Non in modo significativo.

È sempre stato così importante per me ottenere buoni voti, entrare nel college giusto, fare il tirocinio giusto e ottenere il miglior lavoro possibile che non mi sono mai fermata veramente per pensare se volessi o meno fare quel lavoro.

Mi sono sempre definita così tanto in opposizione alla mia provenienza che è difficile pensare a me stessa come a qualcuno al di fuori del mio passato.

Certo, non ne sarò mai veramente libera, ma non sono nemmeno più quella persona.

Avere abbastanza soldi per sopravvivere a lungo sembra una situazione ideale.

Tuttavia, solleva altri problemi, soprattutto per me, una che non esce molto e non ama molto fare festa.

Cosa dovrei fare della mia vita?

"Non ne ho idea," dico, scuotendo la testa.

"E la matematica? È per questo che sei andata a scuola."

"E mi piace ancora come campo. Ma per insegnarla? O per scrivere domande per test insensate conformi ad alcuni standard? No, non fa per me."

"Pensi di voler perseguire un grado superiore?" Chiede.

Inclino la testa all'indietro.

Questo è quello che volevo fare.

Ho iniziato il mio lavoro di base per risparmiare un po' di soldi e perseguire una laurea, ma non ci sono mai riuscita.

Mmm, questa è un'idea.

Forse non è affatto male.

"E tu?" Chiedo.

"Non ne ho fottutamente idea," dice Owen dopo una lunga pausa. "Pensavo a tutte queste cose che volevo fare, quando ero in prigione, ma con un passato come il mio, non avrei mai potuto essere assunto in nessuno di quei campi."

"Beh, forse è il bello in quello che abbiamo fatto. Ora sei qualcun altro. Nuovo nome. Nessuna traccia passata."

"Nessuna laurea," sottolinea Owen.

"In realtà... hai ragione," dico, alzando le sopracciglia.

Stringe gli occhi cercando di leggere i miei.

"Okay, ascoltami," dico. "Abbiamo soldi. Hai un nuovo nome e identità. Quindi, perché non iscriversi ad alcune lezioni? Perché non ottenere una laurea con il tuo nuovo nome?"

"Cooosa?" Dice Owen, ridendo.

"Non è così ridicolo come sembra," dico. "Voglio dire, puoi studiare quello che vuoi e avrai circa quattro anni per capire le cose. Inoltre, avrai una laurea effettiva che avrai guadagnato."

Owen si alza di scatto e si avvicina al bancone della cucina.

Aspetto che torni, ma non lo fa.

Dopo qualche istante, lo seguo.

Le sue spalle sono tese e si muovono su e giù mentre inspira profondamente.

Lo guardo per un po' fino a quando non capisco cosa sta succedendo.

Lui sta... piangendo.

"Owen, stai..." Gli metto una mano sulla spalla.

Si allontana da me cercando di nascondere le sue lacrime.

"Va tutto bene," sussurro. "Va bene. Sono qui."

Gli avvolgo le braccia attorno alle spalle e lo stringo fino a quando smette di singhiozzare.

"Mi dispiace," dice, allontanandosi da me. "Sono così sciocco."

"No, non lo sei. Ma cosa sta succedendo?"

"Ho sempre voluto andare al college. Mentre ero rinchiuso, è tutto ciò a cui pensavo. Ma poi so quante lezioni ci sono e non sono nemmeno nelle scuole più convenienti. Quindi non potrei mai giustificare la cosa."

Scuoto la testa, non capendo cosa voglia dire.

"Beh, che senso ha sprecare tutti quei soldi a scuola se non potessi mai usare quella laurea nella vita reale? Sarebbe uno spreco. Con il mio passato, non avrei mai trovato lavoro con prospettive reali. Quale compagnia mi assumerebbe?"

"Ma questo è il punto, vero?" Dico, sorridendo con l'angolo della bocca.

"Sì, è quando mi ha colpito per la prima volta," dice Owen. "Ecco perché sono diventato così emotivo. Ora, con questa nuova identità e i soldi, posso fare quello che voglio."

"Esatto, puoi," dico dandogli una pacca sulla schiena.

"Wow," borbotta tra sé, guardando il pavimento.

Un'ondata di sollievo mi travolge.

Forse è questo.

Forse questo è ciò di cui aveva sempre avuto bisogno per riportare in sé quell'eccitazione per la vita.

Sparecchiamo e puliamo il tavolo parlando di tutto ciò che avrebbe potuto studiare e di tutto ciò che avrebbe potuto essere.

Non sono ancora sicura di come funzionerebbe se, ad esempio, volesse ottenere una laurea in medicina o qualcosa che richiedesse una licenza, ma per ora sono solo sopraffatta dal vederlo così felice.

"Sarà fantastico, Owen. Sarà così bello per te," Dico, dandogli un altro abbraccio.

"Lo penso anche io," dice. "Ora, che ne dici di festeggiare con un po' di gelato?"

10

OLIVE

QUANDO FESTEGGIAMO...

OWEN è un maestro con il gelato.

Per lui, si tratta della combinazione di sapori; una pallina di vaniglia con una pallina di caramello, condita con M&Ms e salsa al cioccolato.

"Sei sicura di non volerlo?" Chiede.

Scuoto la testa.

Non mangio latticini ma faccio un'eccezione per stasera e per un po' di gelato.

Ma traccio il limite al suo intruglio.

"Non posso credere che tu stia mangiando tutta questa roba," dico.

"È delizioso," insiste.

Metto una pallina di cioccolato nella mia ciotola e ne mangio un cucchiaio prima di sedermi sul divano.

Quando Owen si siede dalla parte opposta alla mia, il divano in ecopelle si comprime spingendomi verso l'alto.

Appoggio i piedi nudi sul soffice ottoman e assaporo la sua morbidezza.

Prendo il telecomando e inizio la mia ultima scelta su Netflix.

Guardiamo per un po' la TV, godendoci sia la nostra presenza che il silenzio.

Devo solo dargli più possibilità, decido. Uscire di prigione è un po' come tornare dalla guerra, almeno secondo gli articoli che ho letto online.

Le persone escono affette da disturbi post-traumatici e ansia e hanno difficoltà ad adattarsi alla vita all'esterno.

Inoltre, non è uscito esattamente in una situazione stabile.

Invece di tornare a casa da me, incontrare il suo ufficiale di libertà vigilata e ottenere un lavoro, seguire un coprifuoco e una serie di regole stabilite, siamo scappati.

Probabilmente ciò gli ha salvato la vita, ma ora è il momento di fare quello che doveva fare.

"Come ti senti?" Chiedo, rivolgendomi a lui. "Di tutto?"

"Bene. Sollevato, in realtà," dice, leccando il cucchiaio. "Penso di essermi perso un po'. E mi dispiace di essere stato un tale stronzo."

Annuisco.

Le sue scuse sono belle da ascoltare.

"Stavo pensando a ciò di cui abbiamo parlato e forse la scuola è una buona opzione. Mi darà un programma su cosa fare e un po' di concentrazione. Inoltre, adoro davvero imparare."

"So che è così," dico, mettendogli una mano sulla gamba. "È bello vedere di nuovo questa scintilla."

"Cosa intendi?"

"Beh, in prigione mi scrivevi sempre su ciò di cui

leggevi e avevi tutte queste idee su filosofia e vita. E quando sei uscito..." La mia voce si spegne.

Aspetta che io continui.

"Beh, quando sei uscito sembrava che lo avessi perso."

Owen china la testa e passa le dita tra i suoi folti capelli.

Sono cresciuti molto da quando è uscito, e non assomiglia più a uno skinhead.

"Ero solo perso," dice dopo un momento. "All'inizio, stavo solo cercando di superare il coma e tutto ciò che è accaduto-"

"Sì, sono sicura che è stato molto traumatico per te," dico. "Per favore, non pensare che stia sottovalutando nulla di tutto ciò."

"No, per niente. Sto solo cercando di spiegare cosa sta succedendo dentro di me."

Ora tocca a me aspettare che continui.

"Non ero sicuro di chi avrei dovuto essere qui," dice, espirando profondamente. "Dopo tutti quegli anni dentro, sapevo chi ero *lì* dentro, ma fuori nel mondo libero? Mi sembrava di camminare nel vuoto. Come se non ci fosse gravità che mi trattenesse. Questo è probabilmente il motivo per cui così tanti detenuti prendono decisioni sbagliate subito dopo il loro rilascio. Questa sensazione di assenza di gravità all'inizio è esaltante, ma poi inizi a sentirti male. Nauseato."

Non ci ho mai pensato in quel modo.

Voglio dire, sapevo che vivere in prigione con tutte le sue regole e regolamenti è difficile, ma non mi ero resa conto di quanto *davvero* sia difficile.

"Hai del gelato sulla guancia," dice Owen, voltandosi verso di me.

Mi pulisco, ma manco il punto.

Indica il suo viso per mostrarmi dove si trova, ma lo manco di nuovo.

Comincia a ridere.

Scivolando, si avvicina a me e mi passa delicatamente il pollice proprio sotto il labbro inferiore.

"Grazie," dico allontanandomi, ma la sua bocca è improvvisamente sulla mia.

Non aspetta che io risponda prima di spingere il suo corpo contro di me.

"Aspetta, cosa stai facendo?" Mormoro, cercando di allontanarlo.

"Aspettavo di farlo da così tanto tempo, Olive," borbotta.

È quasi come se non mi avesse sentita.

"No, basta," dico più forte questa volta, spingendolo via da me più forte che posso.

"Che cosa? Cosa c'è che non va?"

"Cosa stai facendo?"

"Ti amo, Olive."

Mi alzo dal divano e mi sistemo i vestiti.

Quelle due semplici parole.

Sono uscite dalla bocca di Owen così facilmente.

Perché Nicholas non è mai riuscito a dirlo?

Perché non sono mai riuscita a dirle io?

"E quella ragazza con cui hai dormito?"

"Cosa?"

"Pensavo ti piacesse."

"È così. Ma io amo *te*."

"Owen, sei mio fratello," dico, scuotendo la testa.

"No, non lo sono," dice, la sua voce diventa più profonda e più forte. "Prima riesci a mettertelo in testa, meglio è."

"Non parlarmi in quel modo!" Scatto.

Rimango così per un secondo, non sapendo cosa fare.

Quindi afferro la mia ciotola e la porto nel lavandino.

Apro il rubinetto per cercare di cacciare via l'intera faccenda, sia quello che ha fatto sia quello che ha detto. Ma poi la rabbia inizia a sorgere dentro di me.

"Perché hai dovuto farlo?" Chiedo, voltandomi. "Stavamo cenando così bene e tutto andava bene, per una volta."

Mi guarda.

"Che cosa? Perché mi stai guardando in quel modo?"

Lui scuote la testa. "Non capisci? Non capisci che sono innamorato di te da molto tempo?"

"Non penso a te in quel modo, Owen."

"Perché no? Perché non sono un truffatore che ti mente continuamente e ti fa sentire una merda?"

"Non ha nulla a che fare con Nicholas. Sei mio fratello e niente lo cambierà."

"Oh, davvero?" Dice, prendendola come una sfida.

Prima di rendermi conto di ciò che sta accadendo, mi ha bloccata sul muro, premendo il suo corpo sul mio.

Le sue mani sono su di me e giù tra le mie gambe.

La sua lingua è nella mia bocca.

Provo a respingerlo ma non mi dà un centimetro per muovermi.

"Spostati," mormoro, stringendo le gambe, ma quando preme l'avambraccio contro il mio collo, faccio fatica a respirare.

Respiro a fatica mentre la mia trachea si chiude per la pressione.

"E adesso? Mi pensi ancora come tuo fratello?" Mi sussurra all'orecchio.

Sudo freddo lungo tutto il mio corpo.

Rilascia la mano e io comincio a tossire.

Mette di nuovo le sue labbra sulle mie.

Lo spingo via e questa volta funziona.

Si allontana da me.

C'è un'espressione triste da cucciolo sul suo viso, come se avessi fatto qualcosa che gli avesse spezzato il cuore.

"Allontanati da me," dico, andando nella mia stanza.

Getto alcune cose in uno zaino ed esco dalla porta scorrevole nel cortile.

Faccio il giro della piscina e attraverso la porta laterale nel garage per arrivare all'auto.

11

OLIVE

QUANDO SCAPPO VIA...

Guido via con le lacrime agli occhi. Mi sento così sciocca. Quando arrivo al primo segnale di stop, riesco a malapena a vedere e sono costretta a fermarmi. Piango sul volante.

Mi biasimo per aver lasciato che ciò accadesse.

Mi biasimo per aver avuto fiducia in lui.

Mi biasimo per aver creduto in lui.

Ma soprattutto, piango ciò che abbiamo avuto.

Non molto tempo fa, avevamo la relazione più pura che due persone potessero avere. Eravamo fratelli e ci amavamo come fratelli.

Almeno, questo è quello che ho pensato.

Quando le mie lacrime si asciugano, cerco un hotel o un Airbnb che possa affittare in zona. Trovo un'altra casa con piscina per non molto più di una camera d'albergo e decido per quella.

La piscina è stata una delle cose più meravigliose della nostra casa e non lascerò che Owen mi ci faccia rinunciare.

Fortunatamente, la maggior parte del denaro è nel mio conto e lui non ha accesso ad esso.

Discuto per quanto tempo dovrei prenotare questa casa, alla fine decido per una settimana. Questo dovrebbe darmi un po' di tempo per capire le cose.

Le istruzioni per il check-in arrivano via SMS quasi immediatamente dopo il pagamento.

Guido per due chilometri e parcheggio l'auto davanti a una casetta bianca con una porta turchese. C'è una grande statua d'oro di un levriero proprio fuori. Faccio scorrere le dita sulla sua testa e sul muso mentre inserisco il codice nella tastiera.

C'è un ampio divano componibile reclinabile nel mezzo della stanza, di fronte a un enorme televisore.

Lascio cadere la borsa e mi rannicchio con il telefono in mano. Non mi sveglio fino al sorgere del sole, la mattina seguente.

Allungo le braccia e muovo il collo da un lato all'altro. Non ho mai dormito in una poltrona, ma ora so perché così tante persone lo fanno. Dato tutto quello che è successo, il mio sonno è stato incredibilmente riposante.

In cucina, mi preparo un po' di tè e poi giro per casa con la tazza in mano.

È un bilocale che assomiglia molto a quello che ho affittato per me e Owen. Stesso design moderno con mobili coordinati. Una delle camere da letto conduce al cortile con una piscina di forma quadrata.

Incapace o forse non disposta a dire di no, mi spoglio e salto subito dentro.

L'acqua è riscaldata, ma non è particolarmente calda. Mi tuffo sotto e assaporo la mia assenza di gravità. I miei problemi iniziano a scomparire uno per uno, come se l'acqua li assorbisse. Ma questo dura solo fino a quando non torno in superficie e inspiro una boccata d'aria.

Più tardi, quella mattina, guido vicino a un bar e ordino un frullato verde prima di dirigermi verso un nuovo punto di escursioni: Tahquitz Canyon.

Non ci sono mai stata prima, ma i recensori ne erano entusiasti sull'app All Trails. Sono circa tre chilometri complessivamente, con una cascata.

Una cascata in mezzo al deserto? Questa devo vederla.

Percorro una ripida strada che va dritta in montagna e mi fermo nel parcheggio di fronte al centro visitatori.

Dopo aver pagato, seguo il sentiero roccioso nella valle sopra il suolo del deserto.

Ad un quarto di strada sono circondata da alte montagne di granito su tre lati.

Scruto il cielo alla ricerca di possibili montoni che il ranger ha detto che potrei essere abbastanza fortunata da individuare. Lui ha visto gruppi correre giù per la facciata di una di queste montagne a tutta velocità. Un leone di montagna, che è lungo circa due metri e che pesa novanta chili, è noto per vagare per queste parti e il ranger sospettava che fosse lui a inseguirle.

Sono sbalordita da quanto la natura e la civiltà siano vicine, qui a ovest. Di notte sento ululati di coyote e qui, a pochi chilometri da casa mia, ci sono leoni di montagna e montoni che vivono la loro vita. Alcune persone potrebbero non apprezzare, ma io lo adoro.

Ho vissuto in una città per molto tempo e solo ora mi rendo conto di quanto possa essere claustrofobica.

C'è una disconnessione tra la me urbana e la me selvaggia.

Qui fuori, prendo una boccata d'aria fresca e mi sento libera.

Più libera di quanto mi sia mai sentita a est.

Il sentiero continua a diventare sempre più ripido e sono costretta a fare qualche breve pausa dopo che inizio a sentire le vertigini.

Se continui a farlo abbastanza a lungo, diventerai più forte, mi dico. Prenditi un minuto per fermarti a riposare, ma continua.

Ne varrà la pena, alla fine.

Ricomincio l'audiolibro. Questa non è la mia classica lettura ma l'ho visto e l'ho comprato d'impulso.

Parla di una donna che ha camminato lungo la Pacific Crest Trail dal Messico al Canada. L'escursione è di oltre quarantamila chilometri e dura circa sei mesi.

Oggi, faccio fatica a farne solo tre.

Quando raggiungo la metà dell'escursione, non riesco a credere ai miei occhi. Nel mezzo di uno dei deserti più ridi e caldi del mondo, c'è un'altissima cascata.

Tutta l'acqua che cade forma un lago cristallino di fronte.

È un giorno feriale e io sono l'unica, qui.

Mi tolgo le scarpe e immergo i piedi. L'acqua è molto più fredda rispetto alla mia piscina, ma comunque abbastanza calda per godermela. Nel caldo torrido che mi ha fatto sudare completamente la maglietta, in realtà è abbastanza rinfrescante.

Adoro scattare foto e ho persino portato con me un selfie stick.

Faccio foto della riva dall'interno del lago e di me stessa con l'acqua fino alle spalle.

Un po' più vicino alla cascata c'è un masso torreggiante alto circa sei metri che ha la forma di un uovo.

La valle si curva attorno, ma c'è ancora spazio tra la parete e il masso per attraversare l'altro lato.

Improvvisamente, mi pento di aver portato il mio telefono.

Torno a riva, lo lascio lì e mi precipito di nuovo in acqua. L'unico modo per avvicinarsi alla cascata è nuotare o premere la schiena contro il masso e i piedi contro il muro di granito e attraversare l'apertura.

Immagino che proverò prima quest'ultimo e poi, se cado, nuoterò.

Nel mezzo del processo, improvvisamente mi agito.

Non c'è nessuno in giro e mi preoccupo di poter cadere e di sbattere la testa.

Avrei dovuto iniziare a nuotare.

Perché sono così stupida?

Questi pensieri iniziano ad offuscare il mio giudizio e una sensazione di panico sale attraverso il mio corpo.

Faccio qualche respiro profondo per calmarmi. Poi parlo a me stessa ad alta voce.

"Andrà tutto bene, va tutto bene. Se vuoi nuotare, nuota e basta. Lascia andare i piedi e cadi lentamente dentro. Non sbatterai la testa."

Il mio corpo non è d'accordo.

Invece, continuo a muovermi lentamente tra i due massi fino a quando non mi arrampico dall'altra parte.

Emetto un profondo sospiro di sollievo.

La cascata non è grande e si può nuotare facilmente sotto di essa.

Ma mi siedo sulla sporgenza dall'altra parte del masso e alzo lo sguardo.

Con la luce del sole e contro il cielo blu brillante, l'acqua che cade sembra essere ricoperta da mille diamanti.

Incantata, cingo con le mani le ginocchia e mi perdo nella bellezza.

Rimango a lungo vicino alla cascata, godendomi la solitudine e il silenzio fino a quando un gruppo di rumorosi cinquantenni si presenta.

Parlano e ridono forte, spezzando la mia trance.

Quando torno a riva, uno degli uomini fa una battuta su come farebbe un tuffo, ma solo se lo facessi anche io.

Come osi inquinare questo bellissimo posto con le tue battute sessuali? Vorrei chiederglielo, ma non dico niente.

Invece, stringo i pugni e aspetto che il desiderio di colpirlo svaniscano.

Quando torno alla mia macchina, prendo una decisione. Andrò a cercare mia madre.

12

OLIVE

QUANDO VADO A CERCARLA...

Q<small>UANDO</small> <small>INSERISCO</small> il suo indirizzo su Google Maps, sul mio telefono, le mie mani iniziano a tremare.

L'ho già cercato prima, ma non l'ho mai fatto con l'intenzione di andarci davvero.

Ora che è tempo di farlo, sento una stretta allo stomaco.

Un milione di ipotesi mi passano per la mente.

E se non volesse vedermi?

E se mi sbattesse la porta in faccia?

E se dicesse di non sapere di cosa sto parlando?

Passerei il resto della giornata a leggere storie su bambini adottivi che trovano i loro genitori.

In alcuni casi, sono felici di vederli, ma nella maggior parte non lo sono. Forse è solo il pregiudizio di questo sito (le persone che lo usano per sfogare sui loro problemi) ma provo a prepararmi allo scenario peggiore. Potrebbe dire che mi sbaglio e che vuole che io lasci la sua proprietà.

L'aria esplode fuori da me prima ancora di rendermi conto di aver trattenuto il respiro.

"Va bene, smettila di catastrofare. Guida e basta," mi dico ad alta voce.

Giro su una strada che sale in montagna, prima snodandosi attraverso una comunità di case mobili.

Lancio un'occhiata al telefono.

La sua casa è ancora un po' più avanti. Quando guido un po' troppo lentamente, l'auto dietro di me suona il clacson. Non c'è nessun posto dove fermarsi per lasciarla passare, quindi accelero.

Proprio dietro un'altra curva iniziano le case vere e proprie. L'ho visto quando ho guardato la sua casa sul mio computer, ieri sera.

L'auto dietro di me si ferma da un cancello ed io continuo ancora.

Altre tre case dopo, e mi fermo nel suo vialetto.

C'è un citofono accanto a un bellissimo cancello in rovere in stile moderno. Sono troppo lontana per raggiungerlo dalla mia auto, quindi sono costretta a parcheggiare ed uscire.

Guardo i pulsanti.

Nonostante quanto abbia esaminato questa casa dal satellite, in qualche modo non ho considerato il fatto che avrei potuto essere allontanata ancor prima di poterla vedere.

Il mio cuore inizia a battere in modo irregolare.

Se chi risponde non è lei e non mi lasciano entrare, cosa devo fare?

Picchietto le dita sulla coscia. Quindi, senza premere alcun pulsante, torno dentro e chiudo la portiera.

Non so cosa dire e non posso premere quel pulsante finché non lo saprò.

Mi siedo in macchina per un po' di tempo, cercando di capire il tutto.

Per qualche motivo, non mi è mai venuto in mente che non l'avrei vista aprire la porta.

Perché no? Ho avuto così tanto tempo per riflettere su tutto.

Pensavo che avrei avuto almeno quello, anche se l'intera conversazione fosse andata a farsi fottere.

E adesso?

E se qualcun altro rispondesse alla porta?

Cosa devo dire loro?

Un forte bip mi fa sussultare.

"Posso aiutarla?" Chiede qualcuno.

Fisso l'interfono dal mio finestrino aperto, incapace di muovermi di un centimetro.

"Scusi? Riesce a sentirmi?"

La voce appartiene a una donna, ma non so dire quanti anni possa avere.

"Uhm, sì... sono qui per vedere Josephine Rose Reyes," dico lentamente.

C'è un silenzio dall'altra parte.

"O forse Josephine Rose Lebold, adesso?"

"Chi è lei?"

"Sono..." comincio a dire, ma poi mi fermo.

Non so con chi stia parlando.

Potrebbe essere una governante o una sorella o una figlia.

Non so quanto qualcuno della sua famiglia sappia di me e non voglio rendere più difficile stabilire una relazione tra di noi.

"È personale. La sto solo cercando. Lei vive qui?"

"Per favore, mi dica come si chiama," dice la voce dopo una lunga espirazione.

Faccio un respiro profondo.

"Non la lascerò entrare qui senza sapere il suo nome," dice la donna.

Ora tocca a me espirare.

"Mi chiamo Olive Kernes."

"Aspetti un minuto," dice.

Segue una lunga pausa e poi un'altra.

Quando sto per arrendermi, il cancello inizia ad aprirsi.

Salgo sul lungo vialetto che conduce a una modernissima casa di vetro, affacciata su una scogliera.

Parcheggio la macchina sul vialetto e salgo i gradini fiancheggiati da alberi di arancio su entrambi i lati.

C'è una grande porta doppia in legno invecchiato color caramello. Una di esse ha un battente in ferro battuto.

Sto per usarlo quando la serratura gira.

"È semplicemente a scopi decorativi," dice una donna con i capelli raccolti in una crocchia.

Con le labbra increspate, di un colore nudo, un abito nero lungo fino al ginocchio e un grembiule bianco candido sopra, sembra come una governante nei film.

Non avevo idea che qualcuno impiegasse davvero persone che assomigliassero a questo.

"Salve, sono Olive Kernes," mi presento, allungando la mano.

Mi stringe la mano, ma posso dire che il mio gesto la confonde.

È come se non si fosse mai aspettata che mi presentassi.

"Per favore, mi segua," dice la governante, senza darmi il suo nome in risposta.

Cammino attraverso un enorme arco di marmo ed entro in un soggiorno altrettanto spazioso che è completamente circondato da vetrate. I panorami della valle sono ampi e magnifici.

"Da questa parte, per favore, signorina," dice la governante.

La seguo lungo un grande corridoio bianco in un'altra parte della casa.

Sembra una specie di salotto. Ci sono due lussuosi divani uno di fronte all'altro, puntati su un grande camino.

Una bellissima sedia a dondolo si trova davanti a tutto e un grande tavolino in marmo centra l'intera stanza. Mi guardo intorno in cerca di un televisore, ma non ne trovo.

"Per favore, aspetti qui mentre chiamo la signora Jemisin."

La vista mi attira come se fosse una forza gravitazionale.

Le finestre iniziano dal pavimento e si estendono per tutta la lunghezza del muro, circa tre metri e mezzo, fino al soffitto.

Invece di aprirsi in maniera classica si aprono come una fisarmonica, ma i loro cardini sono così sottili che sono praticamente invisibili.

"Olive," qualcuno chiama il mio nome.

La sua voce è calma e delicata e rimango ferma per un momento senza girarmi per guardarla per assaporare il momento.

13

OLIVE

QUANDO LA VEDO...

Olive," dice di nuovo.

Faccio un respiro profondo, raccolgo il mio coraggio e mi giro.

La donna davanti a me ha un'altezza media ma una cornice minuta. Ha circa quarant'anni ma potrebbe facilmente dimostrarne trentacinque.

Vestita con leggings e una maglietta ampia, non assomiglia a qualcuno con una casa come questa.

"Sei... Josephine," dico piano.

Mi fa un lieve cenno del capo e mi chiede di sedermi.

È solo ora che noto che non indossa scarpe o calzini e

ha una cavigliera d'argento con una palma attorno al piede destro.

Si siede sulla sedia a dondolo e incrocia le gambe.

"Come posso aiutarti?" Chiede.

O non ha idea del perché sia qui o sta giocando a sue carte coperte.

Mi siedo sul bordo del divano accanto a lei e faccio un respiro profondo.

Paura di incontrare i suoi occhi, guardo un po' oltre.

Come ho fatto a non notarlo, prima? Il muro è coperto di immagini della sua famiglia.

Ci sono foto di Josephine e di suo marito nelle città di tutto il mondo. Mescolati con i loro scatti a Londra, Roma e Sydney, ci sono foto di loro vicino a cascate e ghiacciai.

"È quella la tua famiglia?" Chiedo, indicando l'immagine più vicina a lei.

È lei con un sorriso da un orecchio all'altro con suo marito e due bambini piccoli, entrambi di età inferiore ai cinque anni.

"Sì," dice lei dolcemente.

Aspetto che aggiunga qualcosa, ma non lo fa. "Come posso aiutarti, Olive?"

Giusto, certo.

Vuole arrivare al punto.

Sono in stallo.

Non solo perché abbia paura di uscire subito allo scoperto e dire quello che devo dire, ma anche perché voglio passare più tempo possibile con lei prima che mi butti fuori.

"Che cosa fa tuo marito?"

La domanda è inappropriata, ma una volta detta non posso davvero rimangiarmela.

"Lavora per me," dice allargando le spalle e sorridendo dagli angoli delle labbra. "Con me," aggiunge.

"Oh, mi dispiace così tanto," aggiungo, totalmente umiliata.

Perché ho pensato che avesse tutto questo a causa di un uomo?

E anche se l'ho fatto, perché l'ho detto?

Sono una tale idiota.

"Con cosa posso aiutarti, Olive?" Chiede Josephine, spingendo indietro i suoi lunghi capelli color sabbia da una spalla all'altra.

Faccio un respiro profondo.

Quando apro la bocca, diventa completamente asciutta.

Comincio a dire qualcosa ma poi non posso fare a meno di tossire. Non volendo che lei pensi che stia tergiversando, inizio comunque.

"Sono tua figlia," dico, schiarendomi la gola.

La governante ha messo due bicchieri d'acqua sul tavolino prima che se ne andasse e io ne bevo un sorso.

Josephine non reagisce.

Mi aspetto che sia felice o arrabbiata, ma non ha assolutamente alcuna reazione. Il suo viso rimane piatto e non sono sicura di cosa fare.

"Uhm, ho ottenuto i tuoi dati da un investigatore privato e sembra che tutto sia verificato."

"Posso vederli, per favore?" Chiede.

Apro lo zaino e tiro fuori la cartella con tutte le informazioni che ho su di lei.

È solo quando la tiene tra le mani che mi rendo conto che probabilmente avrei dovuto farne una copia.

E se la prendesse?

Se perdessi le uniche informazioni che ho? L'unica prova!

Mi avvicino al bordo del divano e mi siedo il più vicino possibile a lei mentre posa la cartella in grembo.

La esamina, osservando attentamente ogni pagina.

Poi raggiunge i risultati del test del DNA.

"Come hanno ottenuto questi risultati sul DNA?" Chiede.

"Non ne sono sicura. Lavorava per il mio ex-ragazzo, non l'ho mai incontrato. Ma penso che probabilmente ti abbia seguita e l'abbia preso da una tazza di caffè che hai bevuto, o qualcosa del genere."

Josephine chiude lentamente la cartella e mi guarda. È solo quando i nostri occhi si incontrano che vedo le lacrime nei suoi.

"Olive," dice piano, premendo l'indice negli occhi per fermarle. "Sono tua madre."

Sto seduta qui, sbalordita, finché non mi getta le braccia attorno. "Ti ho cercata per così tanto tempo," mi sussurra all'orecchio.

Le lacrime iniziano a spuntare e a scorrermi sul viso.

Le asciugo, ma ne arrivano altre.

Dopo qualche istante, mi arrendo e mi lascio piangere.

Ci stringiamo per un po' di tempo prima di finalmente allontanarci. Tutto questo va così oltre la risposta che pensavo di ottenere.

All'inizio sembrava tranquilla, perfino fredda, ma ora mi rendo conto che voleva solo essere sicura che io fossi davvero quello che stavo dicendo di essere prima di fare qualsiasi cosa.

"Raccontami di te," dice Josephine. "Dimmi tutto."

Non so da dove cominciare, ma faccio un respiro profondo e inizio.

Le dico di come sono cresciuta e della mia famiglia. Le racconto della dipendenza e mio fratello in prigione.

Ci siamo appena incontrate e non voglio scaricarle tutta la merda della mia vita direttamente in grembo.

Non sono la sua famiglia, quindi mi concentro su me stessa. Le dico di tutti gli studi che ho fatto al liceo e al Wellesley College.

"Oh mio Dio, sei andata a Wellesley!" Strilla. "Wow, è un'ottima scuola."

"Sono così sollevata che tu ne abbia sentito parlare," dico. "Saresti sorpresa di quanti non lo fanno."

"È uno dei migliori college liberali in circolazione. È ricco di storia. Sono così orgogliosa di te!"

Le faccio un piccolo sorriso ma poi le mie labbra si muovono da sole e sorrido da un orecchio all'altro.

Non so da quanto tempo desideravo che mia madre me lo dicesse.

Altre lacrime iniziano a formarsi. Tiro su con il naso per cercare di farle andare via.

"Cosa c'è che non va? Che cosa ho detto?" Chiede, avvolgendomi con il braccio attorno alla spalla.

"Sono così... sollevata che tu sia felice di vedermi," borbotto. "Non ero sicura di come avresti reagito ad un'estranea che entrasse nella tua vita senza preavviso."

Mi dà una stretta e un bacetto sulla guancia.

Voglio chiederle cosa è successo e perché mi ha abbandonata, ma prima voglio sapere di più su di lei.

"Sei andata al college?" Chiedo.

Lei annuisce.

"Dopo essermi trasferita qui in California, sono andata al Santa Monica College, che è un college statale, e poi mi sono trasferita all'USC. È qui che mi sono laureata."

"Wow, University of Southern California. È importante."

"Mi è piaciuto molto. È lì che ho incontrato mio marito."

Indica la foto sul muro. Lo guardo più attentamente.

Ha le sopracciglia folte e un forte naso romano.

"Allora, siete insieme da allora?" Chiedo.

"Siamo stati insieme dal mio secondo semestre lì, da quando avevo vent'anni," dice.

Improvvisamente, si crea un abisso tra tutto ciò di cui dovremmo parlare e ciò di cui stiamo effettivamente parlando.

Cerco di mantenere la conversazione su questo livello, ma semplicemente non ci riesco.

La guardo e la vedo osservarmi.

"Perché non mi chiedi cosa sei venuta qui a chiedermi?" Dice Josephine, piano.

14

OLIVE

QUANDO GLIELO CHIEDO...

MI RITRAGGO NEL DIVANO, cercando di rendermi il più piccola possibile. Voglio sapere, certo, ma non voglio chiedere.

Non voglio che questo bellissimo momento tra noi si dissolva.

"Perché mi hai abbandonata?" Chiedo, deglutendo a fatica.

"Non l'ho fatto," dice lei piano.

Quindi si sposta sul bordo della sedia e mi mette le mani sul ginocchio. "Devi credermi, Olive. Eri l'unica cosa che volevo e quello che ti è successo non dipendeva da me."

Non so come elaborare il tutto. Le mie dita diventano insensibili e il mio stomaco inizia a fare capriole.

"Che cosa vuoi dire?" Riesco a chiedere.

"'Tuo padre ed io eravamo profondamente innamorati," dice, mordendosi il labbro inferiore come se pensare a lui le procurasse ancora dolore. "I miei genitori non hanno approvato. Neanche sua madre. Eravamo ricchi. Lui era povero. Secondo mio padre, non apparteneva alla nostra scuola, anche se probabilmente era il ragazzo più intelligente lì dentro."

Annuisco.

"Si chiamava Danny Lebold."

Dalla cartella, conoscevo il suo nome, ma nient'altro su di lui, tranne che a un certo punto lei ha preso il suo cognome.

Aspetta un secondo.

Ha usato il passato.

La guardo cercando di non lasciare che la mente vaghi fino a lì.

"Danny è morto in un incidente d'auto," dice lentamente. "La notte in cui dovevamo scappare insieme. L'ho aspettato e non si è mai presentato. In seguito, ho appreso che la sua auto è stata tamponata da un'altra auto e qualcuno che stava viaggiando a novantacinque all'ora ha centrato la portiera dell'autista, uccidendolo all'istante."

Mi metto una mano sulla bocca e scuoto la testa.

"Tutti hanno detto che è stato un incidente, ma non ci credevo. Né allora né ora."

"Cosa pensi sia successo?"

"Penso che mio padre abbia organizzato tutto. Non ho alcuna prova, ma avrebbe fatto qualsiasi cosa per fermarci."

"Credi davvero che l'abbia fatto?" Chiedo, cercando di capire se davvero mi abbia appena detto che mio nonno ha messo fuori gioco mio padre.

"Avevo i miei dubbi prima, ma dopo che sono scappata da solo in California per tenerti al sicuro, mi hanno trovata. Ho iniziato ad avere le contrazioni e sono entrata in ospedale. Hanno fatto lavorare la loro squadra investigativa in tutto il paese e mi hanno trovata."

Smette di parlare per un momento, cercando di raccogliere i suoi pensieri. Voglio esortarla a continuare a parlare, ma le concedo un po' di tempo.

"Il parto non stava andando bene. Stava impiegando un'eternità e ad un certo punto la mia pressione sanguigna ha iniziato a scendere e mi hanno portata in una stanza per un cesareo di emergenza."

Annuisco.

"A differenza di quello pianificato, per un cesareo di emergenza, ti anestetizzano completamente," aggiunge.

Annuisco di nuovo.

Mi guarda con le lacrime agli occhi. Questa volta non le asciuga. Invece, mi fissa e mi tocca la guancia con il suo palmo caldo.

"Quando mi sono svegliata, mi hanno detto che eri morta," dice.

Brividi freddi mi scorrono lungo la schiena.

"Cosa intendi?"

Lei scrolla le spalle. "Mi hanno detto che eri morta, ma non mi avrebbero mostrato il corpo. Poi sono arrivati i miei genitori e mia madre mi ha detto di non preoccuparmi e che era dispiaciuta per tutto. Nessuno ha risposto a nessuna delle mie domande. Ho anche chiamato la polizia, ma il dottore e i miei genitori hanno parlato con loro ed io ero minorenne, e in qualche modo tutta questa faccenda è stata spazzata sotto il tappeto. Dissero loro che ero solo arrabbiata per la tua morte."

"Oh mio Dio," sussurro.

"Ho provato a cercarti ma i miei genitori erano un caveau. Non sono riuscita a tirar fuori niente. I nati morti non hanno veri e propri funerali, o almeno, i miei genitori si sono rifiutati di farli. Mi hanno solo costretta a tornare a casa con loro e non parlarne mai più."

"È quello che hai fatto?"

"Per un po'." Annuisce. "Ero così sfinita dal parto, sia mentalmente che fisicamente, e poi ero così sopraffatta da tutto ciò che è accaduto in seguito. Non sapevo cosa fare. Non sapevo cosa ti fosse successo. Non volevo credere che tu fossi morta, ma non avevo prove. Mi sembrava di impazzire."

Scuoto di nuovo la testa, cercando di interiorizzare tutto ciò che sta dicendo.

"Sono tornata in California circa tre mesi dopo. Sono scappata di nuovo, solo che questa volta ho preso tutti i miei soldi e sono rimasta tranquilla fino a quando ho compiuto diciotto anni. Poi, non potevano fare nulla per riportarmi indietro."

"Allora... come hai saputo di me?" Chiedo.

"Ho iniziato la scuola. Ho ottenuto un lavoro in una biblioteca. Ho provato ad andare avanti con la mia vita, ma non riuscivo a lasciar perdere. Ho finito per assumere un investigatore privato, ma, dopo mesi di ricerche, non ha trovato nulla. Ciò che ha confermato, tuttavia, è che non sei mai morta, il che almeno era qualcosa."

Si alza dal suo posto e cammina per la stanza, guardando le foto sul muro. C'è un vaso pieno di margherite che sistema leggermente spostando alcuni gambi.

"Quando mia madre si è ammalata, se n'è andata

molto velocemente," dice Josephine. "E, pochi giorni prima, ero con lei e lei stava assumendo molte medicine e ho semplicemente chiesto di te. Si è scusata e mi ha detto che non eri mai morta. Che mio padre aveva organizzato le cose così che tu fossi adottata da una famiglia del nord. Non erano ricchi quindi erano molto "motivati dal denaro" – parole sue. E finché i soldi continuavano ad arrivare, non ti avrebbero mai detto la verità."

Metto la testa tra le gambe e faccio alcuni respiri profondi. Il mio cuore sembra uscirmi dal petto.

"Stai bene?" Josephine si precipita verso di me.

"Sì, sto bene," dico guardandola. "Sono solo un po'... sopraffatta."

"Mia madre aveva una tua foto che le aveva inviato uno degli intermediari coinvolti in questa cosiddetta adozione," dice Josephine dopo un momento. "Avevi cinque anni e sembri esattamente come sei ora. Cresciuta, ovviamente, ma sei una copia carbone di quella bambina."

Estrae la foto dal primo cassetto del cassettone. È all'interno di un libro di poesie di Emily Dickinson.

La guardo. Non l'ho mai vista prima, ma sono vestita con il mio vestito verde preferito e sto sorridendo da un orecchio all'altro.

"Sapevo chi tu fossi nel momento in cui sei entrata in casa," ammette Josephine. "Non riuscivo a credere ai miei occhi. E quando ho visto i risultati di quel test del DNA... non so perché avrei dovuto vederli dopo tutto questo tempo, ma credo che avesse qualcosa a che fare con tutte le bugie che ho sentito dalla mia famiglia."

"Mi dispiace così tanto," sussurro.

"Non hai nulla di cui dispiacerti," dice, abbracciandomi e avvicinandomi a lei. "Sono io quella che è dispiaciuta. Mi dispiace così tanto di non essere stata lì per te in tutti questi anni."

Singhiozziamo tra le braccia dell'altra per molto tempo.

Dopo che ho asciugato le lacrime, mi viene in mente qualcosa.

"Perché non mi hai trovata dopo aver appreso che non ero morta?" Chiedo.

15

OLIVE

QUANDO LEI NON SI FA SENTIRE…

ALL'INIZIO, il silenzio è assordante. Si siede sulla sedia e incrocia le gambe. Mi siedo anch'io e mi preparo per la risposta.

Se ha scoperto di me quando avevo cinque anni, perché non ha provato a ritrovarmi?

Cosa le avrebbe potuto impedire di cercarmi?

"Ho scoperto di te solo un anno fa," dice Josephine, mentre le pupille nei suoi occhi a mandorla si dilatano.

"Cosa?" Sussulto.

"Mia madre ha conservato quella foto per tutti quegli

anni, ma non me l'ha mai mostrata. Non avevo idea con chi tu vivessi. Non sapevo nemmeno il tuo nome."

Mi copro la bocca con la mano e scuoto la testa.

Cerco di immaginare quanto deve essere stato doloroso per lei, ma tutto ciò a cui riesco a pensare è il mio dolore.

Il mio cuore si stringe e batte così forte che penso che mi scoppierà nel petto.

"Ho assunto un altro investigatore privato per cercare di trovarti, ma non ne sapevo molto. Non sapevo il tuo nome o dove abitassi. Mio padre ha rifiutato di parlarne. Insiste ancora sul fatto che tu sia nata morta. Tutto ciò che aveva l'investigatore era questa foto e non era molto."

Ci stringiamo per un po'.

Quando si allontana, non voglio lasciarla andare per paura di perderla di nuovo.

Mi chiede di più su come il mio investigatore privato abbia scoperto di lei, ma non conosco nessuno dei dettagli.

Le dico che l'uomo con cui uscivo all'epoca aveva molti legami e che lavorava per lui.

"Beh, ha fatto un ottimo lavoro," dice.

Improvvisamente, il mio corpo inizia a tremare.

"Che cosa? Cosa c'è che non va?" Josephine mi mette un braccio intorno.

"Sono così, così dispiaciuta," sussurro. "Ero così preoccupata di venire qui. Pensavo che avrei avuto un attacco di panico. Pensavo che mi avresti sicuramente sbattuto la porta in faccia."

"No," dice categoricamente. "No, non lo farei mai."

"Lo so, ora," dico con un gemito.

Le do un altro abbraccio e chiedo se possiamo parlare di qualcos'altro. Un grande sorriso le si presenta sul viso.

Trascorro qualche ora in più lì, a turno, raccontandole della mia vita e ascoltando la sua.

Non volendo approfittare dell'accoglienza, le dico che devo andare.

Non voglio farlo.

Voglio restare e passare più tempo possibile con lei, ma voglio andare.

Non voglio essere uno di quegli ospiti fastidiosi con cui è divertente passare il tempo, all'inizio, ma che non sanno mai quando andarsene.

Faccio una generale proposta per riunirci di nuovo questa settimana, e lei mi sorprende chiedendomi se voglio pranzare insieme domani.

Tornando a casa, mi sento quasi letargica.

Tutta l'anticipazione e l'ansia hanno messo a dura prova il mio sistema surrenale e ora che il momento è passato, tutto ciò che voglio fare è dormire per sempre. Quando torno all'Airbnb, mi dirigo dritta in camera da letto e mi rannicchio sotto le coperte.

Rivedo tutto ciò che è successo più volte, un po' incapace di credere alla mia esperienza.

Ho pensato che avrebbe impiegato del tempo per accettarmi.

Ho pensato che sarebbe stata più sospettosa.

Mi ero preparata perché è quello che dicevano tutti i

forum online, non importa quanto vorresti correre tra le sue braccia, è una sconosciuta che si sente male per quello che ha fatto ed è meglio rispettare i suoi confini.

IL GIORNO SEGUENTE, le cose cambiano.

Josephine chiama e dice che è successo qualcosa e che è meglio rimandare.

"Sono libera domani," dico un po' troppo avidamente.

"No, in realtà neanche domani posso. Ho un sacco di lavoro da recuperare. Ti richiamerò tra qualche giorno. Spero che vada bene."

Non c'è molto di più nella conversazione di così. Fisso il telefono per molto tempo dopo aver riattaccato. Cosa ho fatto? Cosa è successo?

I seguenti giorni passano confusi. Non ho l'energia per fare molto, quindi resto a casa a leggere, guardare la televisione e leggere vecchie riviste che i proprietari hanno lasciato in giro.

Per quanto provi a togliermela dalla mente, i miei pensieri continuano a tornare a Josephine.

È successo qualcosa dopo che me ne sono andata? Era solo gentile quando sono andata lì? Ho frainteso l'intero incontro?

Cinque giorni dopo, il mio telefono squilla mentre sto nuotando in piscina. È passato abbastanza tempo per non avere più fretta di rispondere.

L'unica persona che mi ha chiamata per tutto questo tempo è stato Owen e non ho intenzione di parlargli.

Quando esco e mi asciugo, guardo lo schermo. È Josephine. Non lascia un messaggio, ma un momento dopo ne arriva uno scritto.

Mi dispiace, sono stato impegnatissima questa settimana. Ho dovuto recuperare un sacco di lavoro. Vuoi pranzare insieme?

Fisso il telefono e leggo le parole ancora e ancora. L'ha davvero inviato?

Certo, dove? Quando? Rispondo.

Un'ora dopo, ci incontriamo sulla strada principale di Palm Canyon Drive in un posto chiamato

Tac/Quila, un moderno ristorante messicano. Con mia grande sorpresa, non sono particolarmente nervosa nel vederla di nuovo.

Probabilmente lo sarei se ci fossimo incontrate qualche giorno fa come avevamo pianificato, ma dopo tutto questo tempo, sono solo infastidita. Non voglio mostrarlo, quindi mantengo i miei sentimenti imbottigliati e mi stampo un sorriso sul viso mentre seguo la cameriera al suo tavolo.

Josephine è seduta sporgendosi sul menu verso un giardino verticale che attraversa l'intera parete alle sue spalle.

"Wow, che bel posto," dico quando ci abbracciamo.

"È così bello vederti," dice Josephine. "Mi dispiace molto per aver annullato l'incontro, ma ho avuto così tanto lavoro da recuperare."

Annuisco e le faccio un lieve sorriso. Improvvisamente, mi rendo conto di non sapere nemmeno cosa fa per vivere.

Quando ordiniamo da bere, le chiedo al riguardo.

"Oh, non sai chi sono?" Chiede, alzando le sopracciglia.

Appoggia il gomito sul bordo del tavolo e gioca con i capelli per un momento.

"Dovrei?" Chiedo, inclinando la testa da un lato.

"Beh, no, non sono *così* famosa. Ma pensavo solo che lo sapessi perché sapevi di me."

16

OLIVE

QUANDO LEI NON SI FA SENTIRE...

Ho RIGUARDATO il contenuto della cartella, ma nessuna delle informazioni conteneva nulla di ciò che lei facesse per lavoro.

"Sono una scrittrice," dice sorridendo. "Non so se ti piace leggere o no, ma scrivo romanzi romantici di suspense."

"Davvero?!" chiedo, avvicinandomi a lei. "Mi piace leggere. Romantici e thriller sono i miei preferiti."

"Bene." Lei sorride. "Anche i miei."

"Ma non ho mai visto il tuo nome da nessuna parte. Oh, immagino che tu non scriva sotto Josephine Jemisin."

"No, in effetti scrivo con un nome completamente diverso. Lauren Hart."

La mia bocca si apre.

Le mie orecchie iniziano a ronzare.

"No," dico incredula. "No, non sei lei!"

Josephine ride, inclinando la testa all'indietro.

"Adoro Lauren Hart! È una delle mie scrittrici preferite. Ho letto tutto ciò che ha scritto."

Non so perché continuo a parlarne come se non fosse lei, tranne per il fatto che ho ancora problemi a elaborare questa rivelazione.

È difficile esprimere a parole quanto ami la scrittura di Lauren Hart.

Scrive in prima persona e si ha la sensazione di attraversare qualunque cosa il personaggio stia attraversando. Inoltre, cattura i dettagli come nessuno riesce a fare.

I nostri drink arrivano. Ne bevo un sorso.

"Mi dispiace tanto," dico, guardando il tavolo. "Sei

solo una dei miei scrittori preferiti e non avevo idea
che tu fossi... lei e lei fossi tu."

"Va tutto bene," dice, mettendo la sua mano sulla
mia. "In realtà è molto dolce. Adoro ascoltare i miei
lettori e non avevo idea che la mia figlia perduta da
tempo fosse una di loro."

Lei distoglie lo sguardo per un momento e poi mi
guarda di nuovo.

Vedo che sta cercando di scacciare una lacrima. Si
morde il labbro inferiore e prende il suo drink.

"Voglio fare un brindisi," dice. "Ti stavo cercando da
molto tempo, Olive. Ti ho amata da quando ho scoperto
di essere incinta e non ho mai smesso. Tutti mi hanno
detto che eri morta, ma non ho mai smesso di crederci."

Le lacrime le scorrono sul viso liberamente, adesso.

Non cerca di nasconderle o di fermarle.

"Voglio bere a te e ringraziarti per essere venuta qui e
avermi trovata," dice. Comincio a singhiozzare
insieme a lei.

"Grazie," mormoro tra le lacrime, asciugandomi le

guance. "Grazie per avermi dato il benvenuto e per avermi accettata."

Facciamo tintinnare i bicchieri.

Il bicchiere è freddo contro le mie labbra calde e il cocktail ha il sapore del paradiso.

"Wow, è fantastico," dico, allontanandolo dalla mia bocca.

"Lo so, fanno i migliori drink, qui. E anche il cibo è buono da morire," afferma Josephine. "Cosa hai preso?"

"Il refrescado," dico.

Guardo il menu e leggo gli ingredienti: tequila blanco, agave, succo di lime e limone e acqua di cetriolo.

"È come l'acqua di cetriolo ma molto di più," aggiungo. "È così rinfrescante."

"Anche il mio è davvero buono."

Me lo dà per assaggiarlo e faccio qualche sorso.

Improvvisamente, non siamo più estranee. Siamo quasi come amiche perdute da tempo o, oserei dire, famiglia.

A pranzo, mi racconta di come abbia sempre amato leggere e abbia voluto fare la scrittrice sin da quando era bambina.

Dopo essersi laureata in inglese alla USC, ha continuato gli studi, insieme a un dottorato di ricerca, ma dopo la laurea sapeva per certo che non voleva lavorare nel campo dell'istruzione.

Ha iniziato come molti altri, scrivendo racconti e presentandoli a riviste letterarie.

"La capacità di gestire il rifiuto è una di quelle cose che devi davvero sviluppare come scrittore se vuoi perseguire l'editoria tradizionale," dice quando arrivano i nostri bocconcini di avocado fritti. "Quando ho scritto il mio primo romanzo, una giovane storia d'amore paranormale per adulti su un lupo mannaro, l'ho inviato a una quarantina di agenti diversi. La maggior parte non ha risposto, ma i pochi che l'hanno fatto hanno inviato lettere di rifiuto."

"Wow, non avevo idea che fosse così brutale," dico.

"È un po' come recitare. Devi solo prepararti per il

rifiuto e non prenderlo sul personale. Altrimenti, non funzionerà mai."

"Allora, cosa è successo dopo?" Chiedo.

"Ho scritto di più. Ho scritto un romanzo distopico di fantascienza con mio marito. Abbiamo alternato la scrittura di diversi capitoli. Mentre lavorava, ho viaggiato in Texas per una conferenza degli scrittori per presentare il libro agli agenti."

"E ha funzionato?" Le chiedo avidamente.

"Ero spaventata a morte per la presentazione. Non sono un grande oratore pubblico. Ma l'ho fatto ed entrambi mi hanno chiesto di inviarglielo. Beh, ero davvero eccitata ed è quello che avevo intenzione di fare. La conferenza stessa teneva molti seminari diversi, quindi ho partecipato a quanti più ho potuto. Uno di quelli a cui sono andata, alla fine, è stato quello che ha diretto Deanna Roy.

"Ha parlato di come scrivere storie d'amore e di come abbia lasciato il suo lavoro di insegnante perché è stata in grado di guadagnare circa trentamila dollari l'anno come autrice indipendente. Beh, non avevo conoscenza di tutto questo fino a quel momento. Voglio dire, sapevo che esistevano i romanzi romantici, ma non avevo mai letto nessun libro di romanzi indie moderni."

Smette di parlare per immergere l'ultimo boccone di avocado nella magnifica salsa piccante.

"Che cosa è successo poi?" Chiedo.

"Ho preso molti appunti e quando sono tornata a casa mi sono messa al lavoro. Ho fatto ricerche più che ho potuto sull'industria. Ho letto molti libri, mi sono resa conto che avrei potuto scrivere questo tipo di libri e mi ci sono immersa. Ci sono state anche molte altre cose coinvolte nel processo. Ho dovuto imparare molto sul marketing e sulla pubblicità e cose del genere, ma ha iniziato a funzionare. Quando ho iniziato, ho pensato proprio come quell'autore. Pensavo, se solo potessi guadagnare trentamila dollari all'anno facendo ciò che amo, sarebbe abbastanza per andare avanti."

"E ora... hai quella casa enorme!" Dico.

Vorrei immediatamente rimangiarmelo a causa di quanto sia rozzo, ma lei ride.

"Mio marito ha lasciato il suo lavoro e svolge molte delle attività finanziarie. Ma sì, dopo un sacco di libri e un sacco di duro lavoro, siamo stati in grado di acquistare quella casa meravigliosa."

"I tuoi genitori devono essere così orgogliosi," dico.

"Non parlo con loro. Non parlo con loro da molti anni dopo la tua nascita e mi sono messa in contatto solo brevemente con mia madre prima della sua morte. Non fanno parte della mia vita e non prenderò mai un centesimo da loro. I miei fratelli possono avere tutto."

17

OLIVE

QUANDO REALIZZO DI ESSERE UNA CATTIVA AMICA...

JOSEPHINE ed io parliamo molto di scuola e di quanto entrambe amiamo imparare.

Le dico di essermi specializzata in matematica e quanto mi sia piaciuta la materia a scuola, ma non una volta uscita nel mondo reale.

Le dico la verità su tutto tranne per quello che è successo nell'ultimo anno della mia vita.

Non la conosco bene e non mi fido nel dirle tutto quello che è successo con Nicholas e Owen. Temo che la cosa la farebbe fuggire da me.

Invece, le dico solo le basi.

Le dico di Owen e del suo passato. Le dico che sono

uscita con qualcuno di nome Nicholas ma ci siamo lasciati. Le dico che l'investigatore privato del mio ex ragazzo ha trovato le informazioni riguardo a lei e volevo venire qui per prendermi una piccola pausa dal lavoro e trovarla.

Quando mi chiede per quanto tempo rimarrò, le dico almeno per qualche settimana in più.

La parola "ex ragazzo" fa ancora male quando lo dico ad alta voce.

Sembra che sia stato a malapena il mio ragazzo e ora è già un ex che dovrei superare. Quando lo condivido con Josephine, dice che è importante dedicare un po' di tempo per concentrarmi su me stessa, altrimenti il bagaglio dalla mia vecchia relazione si riverserà in quella nuova.

Una nuova relazione? Caspita, che idea originale.

Certo, è possibile e probabile, ma in qualche modo persino provare a immaginarmi con qualcuno che non sia Nicholas mi fa sentire strana.

IL GIORNO SEGUENTE, chiamo Sydney con
FaceTime e le dico tutto.

Quando faccio una breve pausa, mi chiede perché
abbia annullato i nostri piani per incontrarci il giorno
successivo.

"Apparentemente, ha dovuto lavorare," dico. "Ha una
scadenza serrata per scrivere il suo nuovo romanzo e non
voleva incontrarsi per pranzo nel mezzo dei suoi giorni
di scrittura. Ha detto di aver corso con quel libro per
farlo il più rapidamente possibile e incontrarsi con me."

"Sono davvero felice per te," dice Sydney,
allontanando il viso dalla telecamera. Le do un
secondo, ma poi avvicino un po' il viso.

Cosa sta succedendo? È... arrabbiata?

"Syd, stai bene?" Chiedo.

"Sì, sto bene," sussurra e la sua voce si incrina nel
mezzo.

"Cosa c'è che non va?"

"Niente," dice lei, scuotendo la testa. "Che sciocca
che sono. Non riesco a fermarmi."

Quando mi guarda, vedo lacrime che le scorrono sul viso.

"Oh mio Dio, cosa sta succedendo?" Chiedo.

"James e io ci siamo lasciati," dice rapidamente, saltando su ogni parola. "Sono così dispiaciuta. Non volevo sollevare la cosa. Sei di buon umore con tutto quello che è successo..."

"Dimentica tutto. Dimmi cosa sta succedendo," insisto, sentendomi l'idiota più egocentrica di sempre.

Come ho potuto andare avanti così?

Come ho fatto a non notare che qualcosa non andava?

Sta attraversando qualcosa di traumatico e io sto solo raccontando di quanto sia meravigliosa la mia vita. Vorrei essere in grado di riavvolgere tutta la nostra conversazione e ricominciare.

Sydney non risponde e continua a spingermi a continuare a parlare. Ma mi rifiuto.

"Per favore, devi dirmelo. Per me va tutto bene. Ho già parlato abbastanza."

"Va bene," dice, facendo un respiro profondo.

E poi ne prende un altro.

E un altro.

"L'ho sorpreso a tradirmi," dice, scuotendo la testa.

Restringo gli occhi.

"Lo so, lo so, è così stupido. Voglio dire, non può tradirmi, giusto? Siamo stati insieme ad altre persone, quindi di cosa mi lamento?"

"Non è quello che penso," dico severamente. "E tu lo sai."

Lei scrolla le spalle. "Questo è quello che penso io. Questo è quello che pensa lui."

Aspetto che si spieghi. Ci vuole un po' di persuasione, ma alla fine lo fa.

"Un giorno sono tornata a casa presto dal lavoro e l'ho trovato a letto con la sua ex ragazza."

"Ma non vive alle... Hawaii?"

"Vive in California. Si è trasferita alle Hawaii dopo che si sono lasciati. Quando ho guardato sul suo telefono, in seguito, ho scoperto che avevano iniziato a scambiarsi messaggi molto prima che ci incontrassimo. All'inizio erano amichevoli, ma presto la cosa è diventata sessuale. Lei aveva un fidanzato. Lui continuava a desiderare che lei rompesse le cose con lui. Ma non lo ha fatto. Lei lo ha sposato. Ma hanno continuato a mandarsi messaggi, a parlare e a scambiarsi video e foto di nudo."

"Sono così, così dispiaciuta," sussurro, desiderando più di ogni altra cosa essere lì con lei in modo da poterla prendere tra le mie braccia.

"È così stupido. Che sciocca che sono. È successo per tutto questo tempo e non me ne sono accorta."

"Probabilmente era molto bravo a nasconderlo."

"Lo era," ammette. "Tutte le sue conversazioni e video erano in una cartella speciale. Me l'ha mostrata solo dopo aver litigato per ore e in pratica avergli detto che me ne sarei andata."

"Quindi, è volata fino a lì per stare con lui?" Chiedo, cercando di capire i dettagli della storia.

Sydney annuisce con il capo e lo nasconde di nuovo tra le mani.

Per un momento, tutto ciò che vedo è un primissimo

piano della sua fronte. I suoi singhiozzi si riverberano in tutto il soggiorno.

"Era a New York per lavoro, quindi è venuta a trovarlo nel nostro appartamento. Nel nostro letto. Quando finalmente gli ho fatto ammettere la verità, ha detto che è stata lì tutta la settimana. Stava con lui durante il giorno, mentre ero al lavoro."

"Che stronzo," dico sottovoce.

"L'hai detto."

"Allora, cos'è successo?"

"Cosa pensi? Ho urlato. Lei si è rivestita e se n'è andata. Abbiamo urlato ancora un po'. Poi abbiamo parlato. Poi ho pianto. Poi gli ho detto che non avrei mai più voluto vederlo."

Immagino che sia tutto qui. È praticamente l'anatomia di una rottura.

Emette un grosso sospiro e nasconde la testa tra le mani.

"Resterai qui con me per un po'?" Chiede Sydney.

"Sì, possiamo parlare tutto il tempo che vuoi."

"No, non voglio parlare. Facciamo qualcos'altro. Che ne dici di guardare Netflix?"

"Sicuro. Cos'hai in mente?"

"Qualcosa di oscuro e doloroso. Qualcosa che abbiamo già visto prima."

So cosa suggerirà ancora prima di dirlo. Lo metto sulla mia TV e lei lo avvia sulla sua. Quando i crediti di apertura iniziano e si sincronizzano, entrambe iniziamo a ridere un po'.

"Non c'è niente come guardare qualcun altro passare attraverso l'inferno quando le cose si fanno schifose nella tua vita, eh?" Chiedo.

Lei annuisce e iniziamo a guardare il primo episodio.

18

OLIVE

QUANDO LO RIVEDO...

Non vedo Owen da quasi dieci giorni. Ho inizialmente affittato l'Airbnb solo per una settimana, ma poi l'ho estesa ad altre due.

Non ho ancora deciso cosa fare di lui.

Principalmente, non ho voluto assolutamente occuparmi di lui, quindi ho semplicemente ignorato le sue chiamate.

Oggi non è diverso.

Non voglio vederlo e non voglio parlare di nulla di quello che è successo quella notte.

Non so fino a che punto avrebbe portato la cosa se

non lo avessi fermato fisicamente, ma di certo non avrebbe accettato un no per risposta.

Scuoto la testa mentre la rabbia inizia a scatenarsi dentro di me, ripensando a quella notte.

Come osa? Chi pensa di essere? Quale diritto pensava di avere per fare qualcosa del genere?

Mi fermo in fondo alla strada e cammino fino a lì.

La porta d'ingresso è probabilmente chiusa a chiave e non ho intenzione di usarla in ogni caso, quindi scavalco la recinzione nella parte posteriore.

Non ci sono finestre nel garage, quindi non ho modo di sapere se la sua macchina sia lì o no.

Ho sbirciato dalle finestre del soggiorno quando sono passata, ma non ho visto nessuno, lì.

La sua stanza si affaccia sul cortile del vicino, quindi non c'è modo di sapere se sia a casa o no.

Invece di essere inzuppata di sudore e con il cuore che mi batte forte nel petto, mi sento calma e raccolta.

Le mie mani non mi tremano nemmeno.

Quando raggiungo la porta scorrevole della mia vecchia camera da letto, faccio un sospiro di sollievo.

Sì! La porta è aperta.

L'ho lasciata in questo modo, ma c'era una grande possibilità che l'avesse bloccata in seguito.

Si apre senza intoppi e io cammino sul tappeto.

Ho provato a mettere in valigia tutto ciò che era importante per me quando sono andata via, ma mi sono dimenticata di questo.

È una piccola collana d'argento di un albero della vita che Nicholas mi ha regalato. L'ho cercata dappertutto e poi mi sono ricordata di averla messa nell'armadietto nel bagno padronale. Non era con il resto dei miei gioielli e non potevo lasciarla qui.

Non so quali siano i piani di Owen, ma avevo bisogno di riaverla. Non vale molto, ma Nicholas l'ha comprata per me e la adoro.

Vado in punta di piedi in bagno e apro lo specchio, trattenendo il respiro.

La trovo esattamente dove l'ho lasciata e la lascio cadere in tasca.

"Che cosa ci fai qui?" La sua voce mi fa sussultare.

Mi giro con la schiena contro il rubinetto.

"Ho dimenticato una cosa," dico, alzandomi in piedi e cercando di sembrare il più grande possibile.

La stanza è grande per essere un bagno, ma ora sembra piccola.

Più secondi passano e più le pareti sembrano chiudersi attorno a me.

"Dove sei stata?" Chiede Owen.

La sua voce è profonda, ma non confusa.

Sembra stanco e sfinito, come se non dormisse da giorni.

La sua pelle è giallastra, quasi grigia. Ci sono grandi cerchi neri sotto i suoi occhi.

"Ho affittato un altro posto," dico. "Avevo bisogno di spazio."

"Tornerai?"

"No," dico. Sono tentata di aggiungere "Non credo," ma non lo faccio.

Non voglio dargli più speranza di quanto sia assolutamente necessario.

Non tornerò qui e non vivrò con lui.

"Sei tornata con Nicholas?" Chiede.

Solco la fronte. Da che pulpito?

"No, certo che no. Nicholas non c'è più. Non ho idea di dove sia."

"Sì, giusto," dice sottovoce.

Non mi interessa che non mi creda. Sono stanca di continuare ad avere questa discussione.

"Allora, cosa hai fatto lì nel tuo nuovo posto?" Chiede Owen, appoggiandosi allo stipite della porta, creando fisicamente una barriera tra me e l'uscita.

"Non lo so. Escursionismo, nuoto, lettura. Tu che cosa hai fatto?" Lascio deliberatamente fuori l'argomento di mia madre.

"Ho bevuto," dice ridendo.

"Sei sicuro che sia una buona idea?"

"No, certo che no. Ma chi dice che vivere sia una buona idea?"

Scuoto la testa.

Non so cos'altro possa fare per lui.

Provo a superarlo, ma lui mi ferma.

Allunga il braccio, bloccando la porta.

"Me ne vado," dico, andando oltre.

"Mi dispiace, va bene?" Urla dietro di me. "Mi dispiace di averlo fatto, ma ti amo."

Non mi giro.

Vuole che reagisca e questa è l'ultima cosa che voglio.

Mi dirigo verso il lungo corridoio e giro a sinistra dove esso si divide. La cucina è a destra e la porta d'ingresso è a sinistra.

"Ti amo!" Grida Owen dopo di me. "Perché non mi credi?"

"Ti credo, ma non ti amo," dico, afferrando la maniglia della porta.

Non appena la giro, Owen si lancia di scatto e la spinge, chiudendola.

Siamo faccia a faccia.

Siamo così vicini che riesco a sentire il suo respiro su di me.

"Non vuoi semplicemente trasferirti perché vedrai di nuovo Nicholas, eh?" Chiede.

I suoi occhi sono selvaggi e fuori controllo.

"Non so perché tu sia ossessionato da lui. Non stiamo più insieme."

"Ti manca," dice Owen in tono accusatorio.

"Certo, mi manca. Pensavo che saremmo stati insieme per sempre. E allora? Nella vita succede, giusto?"

Faccio pochi passi lontani da lui verso il soggiorno, sperando che mi segua lì.

In questo modo, una volta distratto, posso scivolare fuori dalla porta principale.

"Nicholas è un assassino," dice Owen, camminando per il salotto.

All'improvviso, mi viene in mente che non è solo ubriaco. È anche ubriaco di qualcos'altro.

Qualcosa non blando come dell'erba, qualcosa di

potente.

Sono tentata di chiedere, ma non voglio renderlo ancora più agitato.

Questo è il motivo per cui sono andata via. Non andrò mai in punta di piedi in giro per casa mia per paura di rendere qualcuno turbato dalla mia presenza.

"Sono stanca di parlare di lui," dico, incrociando le braccia sul petto. "Non stiamo più insieme, cosa vuoi di più?"

"Voglio che tu creda che abbia ucciso la mia ragazza e la sua compagna. L'FBI lo sta cercando. Di quale altra prova hai bisogno?"

"Ho intenzione di credere in quello che voglio credere, Owen. Non mi dirai cosa pensare."

Una parte di me è orgogliosa di me stessa per aver difeso la mia posizione, ma un'altra parte è terrorizzata.

Mi ha già attaccata una volta.

Ha cercato di tenermi in bagno.

Cosa gli impedisce di farlo di nuovo? Una mossa

falsa da parte mia e lo farà.

Abbassa lo sguardo sul pavimento e abbassa le spalle.

Si sta arrendendo. È la mia occasione.

"Adesso vado, Owen," dico e mi muovo lentamente verso la porta.

Non sapevo se avessi dovuto semplicemente scivolare fuori o se fosse stato meglio avvisarlo che me ne sarei andata e ho scelto quest'ultima opzione.

Quando apro la porta, mi giro e vedo che Owen si è seduto sulla grande sedia di fronte al divano.

Emetto un piccolo sospiro di sollievo.

Poi inizia a ridere. Sto per chiudere la porta dietro di me, ma la curiosità mi ferma.

"Cosa c'è di così divertente?" Chiedo, mettendo dentro la testa.

Continua a ridacchiare, alzando il dito indice in aria per mostrarmi che ha bisogno di un minuto.

"Vuoi sapere la verità?"

"Certo," dico lentamente.

"Vuoi sapere il vero motivo per cui Nicholas avrà finalmente quello che si merita?"

I brividi mi corrono lungo la schiena. Le mie mani diventano di ghiaccio. Aspetto che continui.

"L'ho consegnato io," dice Owen, ridendo. "L'ho fatto. Ecco perché lo stanno cercando."

Scuoto leggermente la testa da un lato all'altro, non volendo credere alle parole che gli escono dalla bocca.

"Come... perché?" Sussulto.

"Ho chiamato l'ufficio principale e ho detto loro cosa ha fatto per Art Hedison."

"Intendi quello che *abbiamo* fatto," lo correggo.

"Sì, tranne per il fatto che ho mentito al riguardo. Ho tenuto fuori i nostri nomi. Avevo abbastanza informazioni per coinvolgere gli affari interni e hanno aperto un caso su Art. Per proteggersi il culo, Art si è accanito su di lui, ovviamente."

"Quindi... tutta quella caccia all'uomo, è per colpa *tua?*"

Lui annuisce e ride.

"Ma perché? Ti ha aiutato così tanto."

"Mi stava spiando, Olive. Per il cazzo di FBI! O te lo sei dimenticata?"

"Certo che no, ma abbiamo fatto quel lavoro insieme. Ti ha aiutato molto. Ci ha sistemati con tutti quei soldi."

"Oh, per favore," dice Owen, agitando la mano. "Non mi interessa. Quel tizio ha ucciso la mia ragazza e ti ha quasi rubata a me. Sono contento di aver fatto quello che ho fatto."

Gli vado vicino.

La mia mente si svuota.

La mia bocca si secca.

La mia mano si stringe in un pugno e lo colpisco dritto sul naso.

Quando urla e si avvolge le mani intorno alla faccia, gli do un altro pugno.

Più forte che posso.

La mia mano inizia a pulsare, inviando piccole onde

d'urto di dolore al braccio, ma ciò mi rende ancora più arrabbiata.

Mi ha tradita, proprio come Nicholas mi ha tradita, ma lo ha fatto per dispetto.

Il suo tradimento era peggio.

"Esci dalla mia fottuta vita!" Dico mentre esco.

19

OLIVE

QUANDO MI DISIMPEGNO...

Sulla strada di casa, la mia mano è incredibilmente calda. Le mie dita diventano salsicce e sembra che stiano per esplodere.

Alzo il condizionatore e le appoggio sulle prese d'aria.

Al semaforo, guardo più da vicino e mi rendo conto che in realtà non sono così gonfie come sembrano. Ma hanno sicuramente bisogno di un po' di ghiaccio.

Pochi minuti dopo mi fermo sul mio vialetto, ma qualcosa mi impedisce di entrare nel garage.

La porta si apre e aspetto.

Poi premo il pulsante sul parabrezza e faccio marcia indietro.

No, stasera esco.

Ho bisogno di bere e non ho intenzione di bere da sola.

Ciò di cui ho bisogno anche più di un drink è qualcuno con cui parlare e un po' di distrazione.

Non conosco bar, qui, ma mi è piaciuto molto il ristorante in cui ho incontrato Josephine, quindi ci vado in macchina.

C'è un ampio parcheggio sul retro con non troppi spazi disponibili.

È l'inizio dell'autunno e le rondini stanno iniziando a tornare nel deserto.

Mi siedo sul bordo del bancone in modo da poter vedere il bellissimo giardino verticale proprio di fronte a me e chiedo al barista del ghiaccio in una borsa.

"Ho avuto un piccolo incidente," mento.

Mi fa un cenno con la testa che dice che non mi crede molto, quindi non mi preoccupo di elaborare.

Ordino lo stesso cocktail di tequila al cetriolo che ho già preso prima e mi trovo incantata mentre lo prepara per me.

Il barista ha trent'anni, con corti capelli biondi e basette. Ha entrambe le braccia tatuate.

Parliamo di tutto e niente mentre il bar si riempie e poi si svuota di nuovo.

È originario di Orange County e si è trasferito qui per permettersi di comprare una casa.

I prezzi delle case sono alti ovunque, in California, ma sono un po' più ragionevoli nella Coachella Valley.

"Ho vissuto a Los Angeles per molti anni, ma quello che mi piace di questa zona di Palm Springs è che è come tutte le parti migliori di Los Angeles senza nessuna delle cose fastidiose. Ottimi ristoranti e bar. Persone simpatiche e alla mano. Affitti più economici e meno traffico."

"Sì, ho sentito che il traffico a Los Angeles può essere brutale," dico, finendo il mio drink e chiedendone un altro.

"Sei fortunata ad essere stata risparmiata finora,"

dice, tagliando il mio cetriolo e mettendolo con cura in un nuovo bicchiere.

Mentre serve agli altri clienti i loro drink, lo guardo, di tanto in tanto.

Mi piace il modo in cui interagisce con loro. È amichevole e fiducioso.

Mi piace il modo in cui i suoi capelli gli cadono in faccia.

Mi piace il modo in cui è a suo agio nel fare chiacchiere e quanto sia naturale per lui.

Ci sono pochissime cose su di lui che dovrebbero ricordarmi di Nicholas.

Non ha la stessa intensità o oscurità.

Eppure, quando lo guardo, tutto ciò che vedo è Nicholas.

Si sta facendo tardi. I clienti stanno iniziando a chiedere il conto ed è tempo che anche io vada.

Ma non riesco a muovermi.

Prendo gli ultimi sorsi del mio drink, che ormai è tutto ghiaccio sciolto, e fisso il fondo del bicchiere.

"Penso di essere pronta per partire," dico con grande tristezza.

Aspetto che mi dia il conto.

"Ehi, non chiuderò il bar, stasera," dice.

Lo guardo come se ciò dovesse significare qualcosa.

"Stacco tra pochi minuti," spiega. "Vuoi fare qualcosa?"

Alzo le sopracciglia per la sorpresa.

Non avevo idea che fosse particolarmente interessato poiché sembrava dare a tutti i suoi clienti la stessa attenzione.

Abbasso lo sguardo sul mio telefono. È intorno a mezzanotte.

Questo è probabilmente la prima volta che sto fuori così tardi da tanto tempo.

"Non lo so," mormoro. "Si sta facendo tardi."

"Sicuro." Si stringe nelle spalle.

Non insiste.

Mi dà solo il conto per firmarlo e se ne va.

Una fitta di rimpianto si precipita attraverso di me.

Perché l'ho detto? Mi piace. Un sacco. Mi piacerebbe passare un po' più di tempo con lui.

"Che cosa avevi in mente?" Chiedo, sporgendomi oltre il bancone.

I suoi occhi si illuminano.

"C'è un bar in fondo alla strada che è aperto fino a tardi."

Sembra perfetto.

Vado in bagno e riapplico un po' di rossetto.

Pochi minuti dopo, ci incontriamo davanti alla porta.

La notte è calda, ma non mite. Non sono stata molto fuori di notte, qui, ma mi piace il modo in cui la strada sia lontana dal sole cocente del giorno.

Sulla strada per la caffetteria, mi prende per mano. All'inizio mi sorprende, ma poi lascio che le dita si intreccino.

Rallentiamo il passo e poi qualcosa attira la mia attenzione nella vetrina di un negozio di antiquariato.

È una statua di una pecora fatta di bronzo e ricoperta di pelliccia di pecora.

L'unico bronzo visibile è sul muso e sulle zampe e io rimango a fissarlo a lungo.

"È davvero fantastico," mi sussurra all'orecchio, rompendo l'incantesimo.

Lo guardo e annuisco.

Inclinando la testa in avanti, mette la sua bocca sulla mia ed io lo tiro più vicino.

Restiamo qui a baciarci a lungo.

Lasciamo stare la caffetteria e invece andiamo a casa sua. Lo seguo nella mia macchina. Sulla strada, provo a tirarmene fuori, ma non funziona.

Lo voglio. Lui mi vuole.

Non posso avere Nicholas.

Ci baciamo di nuovo prima di entrare in casa. Le sue mani sono sulla mia schiena e le mie sui suoi capelli.

Le sue labbra sono morbide ma forti.

Mi rendo conto che non sa il mio nome ed io non conosco il suo.

Considero di spostarmi e chiederglielo, ma siamo già in camera da letto e non mi interessa.

Con le luci spente, circondati completamente dall'oscurità, è più facile fingere che sia Nicholas.

I suoi baci diventano urgenti.

I nostri vestiti sembrano togliersi da soli.

Quando siamo nudi, il suo corpo mi riscalda e il mio lo raffredda.

Mi bacia dappertutto e io faccio lo stesso.

Non ha fretta di farlo, e lo apprezzo.

Non sono stata toccata così da molto tempo e voglio che duri il più a lungo possibile.

Cambiamo posizione una volta e poi ancora e ancora.

E' come se stessimo ballando.

Le nostre bocche sono a proprio agio l'una con l'altra, ora.

Comincio a rilassarmi. Prima ero rilassata, ma non così.

"Stai bene?" Mi sussurra all'orecchio. Annuisco.

"Più che bene. Continua a farlo."

Lo fa. I nostri corpi si muovono come uno e
all'improvviso perdo il controllo.

20

NICHOLAS

QUANDO DEVO PRENDERE DELLE DECISIONI...

Mɪ sᴠᴇɢʟɪᴏ qualche ora di agitato sonno dopo con Mallory ancora nel mio letto.

È raggomitolata in posizione fetale con i capelli sparsi su tutto il cuscino.

È bella e dolce e non voglio conoscerla di più. Non è solo perché sto scappando per la mia vita. È perché non è Olive.

Accedo di nuovo nel mio conto, sperando che quello che ho visto prima fosse una sorta di errore. O fosse solo un sogno.

Tuttavia, le mie speranze sono basse.

Non avevo abbastanza soldi per pagare la mia cena,

quindi come diavolo posso avere abbastanza soldi per pagare un biglietto per l'estero?

Thailandia.

Questo era il piano originale.

Ci sono molti espatriati lì, ma non così tanti programmi televisivi americani per farli divertire.

Il paese è enorme e popoloso ed è facile far perdere le proprie tracce.

I federali hanno bloccato il conto della mia falsa identità.

Art Hedison non conosceva alcun dettaglio, ma sapeva che avevo una fonte per farmi fare i documenti. In qualche modo, devono essere arrivati a lui. Ciò significa che tutte le identità che ha creato per me sono state compromesse.

Merda, merda, merda, mi dico. Ho molti più problemi di quanto pensassi.

Mallory emette un gemito e si gira. Mi blocco per un momento, non volendo svegliarla mentre provo a capire cosa fare.

Quei soldi erano tutto ciò che avevo.

Ho venduto i diamanti e l'orologio e ho messo tutti i soldi in quello che pensavo fosse un conto segreto e sicuro.

Ho messo anche il resto dei miei soldi lì dentro. Non volevo andare in giro con così tanti soldi e il conto doveva essere completamente sicuro.

Ho già speso tutto il denaro che avevo prelevato e ora non posso più farlo.

Se il conto dovesse essere nuovamente scongelato, il denaro rimarrebbe ancora intoccabile.

I federali lo sanno e ciò significa che saranno in grado di seguirne le tracce.

Mi siedo sulla sedia e mi chiedo se in realtà questa sia stata una fortuna. Se non lo avessero congelato, avrei comunque avuto accesso e lo avrei usato.

Se non lo avessero congelato, sarebbero stati in grado di rintracciarlo.

Potrebbe essere una fortuna, ma che diavolo faccio adesso?

Con tutti i miei conti compromessi, non ho un soldo a mio nome. Non sarò in grado di andare lontano senza soldi e non sono sicuro di quanto possa prendere in prestito da Mallory.

Ci siamo appena incontrati e mi ha già fatto più favori di quanto avrebbe dovuto.

Voglio camminare per la stanza per schiarirmi le idee, ma non voglio svegliarla.

Invece, sgattaiolo fuori dalla porta principale con la chiave della stanza e il mio telefono al seguito. È presto, ma le strade di Merida sono già in fermento. Le persone si affrettano a lavorare. Le caffetterie sono piene di gente del posto ed espatriati che parlano dieci lingue diverse. I cani e i loro proprietari sono a spasso per le loro camminate mattutine.

C'è una grande piazza aperta con un parco verde nel mezzo e un'imponente chiesa cattolica dipinta con luminosi colori pastello su un lato.

Faccio alcuni giri intorno al parco, osservando il modo in cui i piccioni si riuniscono e si muovono come individui e una grande massa. Non ho semi, ma vorrei averli.

Mi siedo su una panchina di legno e mi appoggio allo schienale. Non è particolarmente comodo, il che è probabilmente meglio. Ho comprato una tazza di caffè cubano dal negozio all'angolo e ne bevo un sorso. È forte e dolce, un po' come un caffè espresso e una ciambella mescolati insieme.

Prendo il telefono dalla tasca e mi rendo conto che in realtà ne ho due. Nella mia fretta di uscire, ho afferrato quello Mallory per sbaglio. Fisso il mio telefono per alcuni minuti, pensando se dovrei effettuare questa chiamata con esso.

Il mio cervello razionalizza, ovviamente, che non hanno questo numero irrintracciabile, come potrebbero?

Ma il mio istinto lo sta tenendo sotto controllo.

Non ho alcuna prova che stiano rintracciando il mio numero, ma non avevo nemmeno la prova che avessero accesso al mio conto bancario segreto. L'unico modo per stare al sicuro è abbandonare questo telefono e usarne un altro.

Prendo il telefono di Mallory con una cover giallo brillante e compongo uno dei numeri che conosco a memoria.

Memorizzare i numeri di telefono è un'arte morente, ma la pratico ancora per ogni evenienza.

Una voce familiare risponde.

Mi riconosce immediatamente e parliamo un po'. Big Dipper sembra non essere ancora andato a letto, il che non sarebbe affatto sorprendente. Vive a Las Vegas e vive al massimo lo stile di vita di Las Vegas.

"Ascolta, il motivo per cui chiamo è che ho bisogno di un lavoro," taglio corto.

"Che tipo di lavoro?"

"Qualsiasi. Ho bisogno di soldi."

"Sei su tutti i notiziari, amico," dice Big Dipper. "Tutti ti stanno cercando. Sei la notizia del giorno."

"Ecco perché ti sto chiamando. Me lo devi."

C'è silenzio dall'altra parte. Trattengo il respiro in attesa della sua risposta.

C'è stato un tempo in cui i poliziotti lo stavano cercando, mi hanno interrogato e li ho mandati su una falsa pista.

"Non ho alcun lavoro in questo momento," dice Big

Dipper dopo un momento. Il tono della sua voce mi mette a disagio.

E se anche il suo telefono fosse controllato?

"Sei sicuro?"

È la mia unica possibilità. Se non mi aiuta, non ho opzioni.

"Richiamami tra un po'. Chiederò in giro," dice e riattacca.

Non sono del tutto sicuro di cosa significhi un po', ma devo concedergli almeno alcune ore. Torno su.

Quando apro la porta, Mallory salta giù dal letto.

"Stai bene?" Chiedo. Scatta per afferrare il telecomando della TV e, prima di riuscire a spegnerla, vedo la mia faccia sullo schermo.

Cazzo!

"Ehi, ascolta, devo tornare al lavoro," mormora. "Voglio dire, devo tornare a casa."

"Sì, certo," dico, fingendo di non aver visto quello che ho visto.

Se sta cercando di agire in modo poco appariscente,

non funziona. Ma non ho intenzione di fare nulla per fermarla. Non voglio uno scontro e sicuramente non le farò del male (anche se sembra pensare che lo farò).

"Grazie per la scorsa notte," dico.

"Oh, sì, certo," dice freneticamente. "Non era niente."

Aspetto che si vesta completamente prima di chiederglielo.

"Pensi che potrei prendere in prestito dei soldi?"

"Soldi?" Tutto il sangue defluisce dalla sua faccia.

Voglio dirle di smettere di preoccuparsi e che non le farò del male, ma peggiorerebbe le cose.

Guarda nella borsetta ed estrae dei pezzi da venti. Dollari, non pesos.

"Ecco, puoi averli." Me li mette in mano un po' troppo energicamente e si dirige verso la porta.

"Te li ridarò!" Le urlo dietro.

"Non ce n'è bisogno," dice rapidamente.

Una volta che la porta si chiude dietro di lei, non

posso fare a meno di pensare di averla messa un po'
sotto pressione.

Conto i soldi: ottanta dollari. Un'ondata di sollievo
mi travolge. Ne ho avuti milioni, ma non mi sono mai
sentito così ricco.

Mi ci vogliono alcuni minuti per fare le valigie e
partire.

Non so quanto tempo impiegherà Mallory per
chiamare la polizia, o se lo farà, ma non ho
intenzione di rendere più facile per loro trovarmi
restando nei paraggi.

Vago per le strade di Merida per alcune ore,
aspettando che Big Dipper mi richiami.

Ho preso dei tacos vegetariani e alcune palline di
gelato in un piccolo caffè gestito da un immigrato
greco. Cerco di capire cosa fare se Big Dipper non
chiamerà.

Un'opzione è derubare qualcuno per ottenere più
soldi, ma poi?

Non ho alcun contatto qui a sud del confine e c'è una
taglia sulla mia testa che vale centinaia di migliaia.

Dubito che riuscirò a trovare una persona che non mi consegnerà in cambio di tutto quel denaro.

Lo chiamo dopo le tre di quel pomeriggio, usando di nuovo il telefono di Mallory, che mi sono dimenticato di restituirle.

"Ho qualcosa," dice Big Dipper. "Ma non ti piacerà."

21

NICHOLAS

QUANDO HO UN'OPZIONE...

Lo so già.

Certo, non sarà qualcosa di divertente, glamour o sicuro. Non è questo il tipo di lavoro per cui Big Dipper è noto.

Eppure, il fatto che lo stia introducendo con quel tipo di prefazione mi fa stringere i pugni.

Il cuore mi salta in gola e aspetto che spieghi.

"Ho bisogno di un tizio pulito per portare un po' di metanfetamina oltre il confine col Messico. Un gringo con una moglie bianca che gli agenti di frontiera non fermeranno perché non hanno nulla da nascondere."

Cazzo.

"Ci sei?" Chiede Big Dipper.

"Sì," dico dopo un momento.

"Non è l'opzione migliore per te, come già sai, ma è tutto ciò che ho. Prendere o lasciare."

"Dove sarebbe? Con chi andrei?" Chiedo.

Circa un centinaio di altre domande mi vengono in mente ma mi fermo a due.

"Non posso fornire alcun dettaglio finché non ti impegni. Perché non ci pensi un po' e mi fai sapere?"

Lo voglio. Voglio guadagnare un po' di tempo e provare a capire le cose, ma ho bisogno di documenti. Ho bisogno di una carta d'identità. La mia vecchia fonte è stata compromessa, quindi Big Dipper è quello che mi rimane.

"Quanto?" Chiedo.

C'è una pausa dall'altra parte.

"Quanta metamfetamina o quanti soldi?"

"Tutti e due."

"Cento chili di meth. Posso pagarti centocinquanta mila."

Faccio rapidamente i conti nella mia testa.

"Il valore sul mercato è di circa 1.3 milioni. Portarla oltre il confine per centocinquanta mila è un imbroglio."

"Per alcuni è sufficiente per iniziare una nuova vita."

"Ho bisogno di almeno trecento mila," negozio. "E una nuova identità. Pulita. Stabile. Nessun morto."

Un modo per ottenere nuovi numeri di previdenza sociale è quello di consultare l'elenco dei defunti e usare semplicemente i loro nomi sperando che le compagnie delle carte di credito non se ne accorgano.

Funziona, a breve termine, ma non è ciò di cui ho bisogno.

Ho bisogno di un nuovo numero di previdenza sociale che sia in circolazione da almeno trent'anni e che non abbia alcuna documentazione o problema.

Quindi, ho bisogno di una nuova identità.

Ho bisogno della Louis Vuitton o della Bentley del

settore delle identità. E proprio come le borse e le auto di fascia alta, ha un prezzo elevato.

"Il meglio che posso fare è ottantacinque e il documento di identità. Prendere o lasciare."

Picchietto il piede sul pavimento.

Il confine messicano è uno dei luoghi più pattugliati e ad alta sicurezza negli Stati Uniti. E cercare di intrufolarvici con un centinaio di chili di metanfetamina è stupido quanto qualsiasi cosa mi venga in mente. L'unico problema è che non ho altra scelta.

***

Vado dritto in un parrucchiere dall'altra parte della città. L'ho trovato su Yelp con buone recensioni. I proprietari sono giapponesi e assumono principalmente europei per lavorare lì per soddisfare gli immigrati nella zona.

In uno spagnolo mediocre, chiedo un look completamente nuovo e mostro delle foto di celebrità con il tipo di stile che desidero.

Mi chiede alcune volte se sia sicuro che sia questo ciò che voglio prima di iniziare.

I miei capelli sono corti, ma non a spazzola.

Sono spessi e scuri e ho scelto esattamente l'opposto, biondo sporco e lunghi per abbinare l'abbronzatura baciata dal sole che la mia pelle ha recentemente acquisito.

Il lavoro con i colori insieme alle extension richiede alcune ore. In America, non potrei permettermelo, ma qui avrò ancora un sacco di soldi, anche lasciando una mancia. Nel frattempo, cerco sul mio telefono un posto in cui possa ottenere delle lenti colorate in città.

Pensavo che sarei dovuto andare da un ottico, ma le vendono anche nei negozi di articoli di bellezza.

Non mi faccio la barba da un paio di giorni e ho intenzione di mantenere questo aspetto. Quando mi guardo allo specchio di una farmacia, sembro una persona completamente diversa.

Più vecchio, in qualche modo, e un po' sciatto, il che è in qualche modo in linea con la parte che interpreterò: un immigrato che vive in Messico.

Tuttavia, qualcosa sembra fuori posto.

I capelli che mi arrivano intorno al collo e al viso mi fanno sembrare spettinato e un po' come un drogato, che è l'ultima cosa che voglio.

Mi dirigo verso un salone e mostro loro foto di peli facciali appena tagliati, con baffi attraenti e barba ben curata.

Mi spiegano i dettagli dell'aspetto in spagnolo, che non capisco.

Alla fine, mi fanno sedere sulla sedia e radono. Quando mi consegnano uno specchio, vedo una persona completamente diversa, elegante, messa insieme e rilassata, il look perfetto per il mio gringo.

Tutto ciò di cui ho bisogno per completare il look sono alcune camicie hawaiane e pantaloncini cargo. Mando a Big Dipper un selfie della mia nuova faccia in modo che possa convincere il suo uomo a farmi un passaporto.

Sono contento che ci vorrà circa un giorno prima di dover attraversare il confine, in quanto mi darà un po' di tempo per infoltirmi la barba.

Big Dipper mi invia un'emoji che ride istericamente con un pollice in su in segno di risposta.

Poche ore dopo, mi chiama e mi dice che c'è stato un cambio di piano.

Ora, invece di attraversare il Texas, devo attraversare la California.

Tijuana è probabilmente uno dei punti di confine più pesantemente controllati lungo l'intero confine.

"Non è una buona idea," dico.

"L'altra spedizione è fallita," dice senza offrire molte spiegazioni.

"Che cosa vuoi dire?" Chiedo, anche se è nel mio interesse sapere il meno possibile dei suoi affari.

"Confiscati."

Il mio cuore salta un battito.

"Vuoi farlo o no?"

"Quando incontro la donna?"

"A Tijuana. Avrà il tuo passaporto."

Tijuana? Lo cerco sul mio telefono. Dice che è a 4100 km di distanza.

"Quattromila e cento chilometri?" Chiedo. "Come dovrei arrivarci? Non ho una macchina e le strade qui intorno sono una merda."

"Dipende da te. Ma è meglio che tu sia lì tra settantadue ore o meno. Oh, sì, e prendi un nuovo cazzo di telefono. Chiamami quando ci sei e ti parlerò del luogo di incontro."

Big Dipper riattacca e fisso lo schermo sbalordito.

Non ho un importo vicino all'ammontare di denaro di cui avrei bisogno per comprare un'auto e dubito di poter fare l'autostop. Non ho alcun documento di identificazione quindi non posso prendere un volo.

Che cazzo di casino di merda!

Immagino che l'autobus sia l'unico modo, mi dico, stringendo i denti.

Ho già preso un autobus dal Belize e anche se alcuni possono essere abbastanza comodi, non è il modo migliore di passare due giorni.

Ma dato il crollo drastico del tempo, dovrò salire sul

primo disponibile, altrimenti non c'è un fottuto modo di farcela.

Cerco gli orari degli autobus online ma non compro il mio biglietto per via elettronica.

Il Messico è ancora un paese che punta sul contante e questo è un bene per me.

Mi sbarazzo del telefono di Mallory, ma tiro fuori la carta SIM e la metto in un cestino e il resto del telefono in un altro, a più di un chilometro di distanza.

Faccio la stessa cosa con il mio.

Cambio i miei dollari in pesos e prego Dio che siano abbastanza per un biglietto di sola andata per Tijuana.

Non esiste un percorso diretto e dovrò cambiare autobus a Città del Messico.

Onestamente, sono un po' sorpreso di non dover fare più cambi.

Alla stazione, compro un telefono usa e getta economico e non rintracciabile e salgo sull'autobus.

NICHOLAS

QUANDO VIAGGIO...

Il bus è molto più piacevole di quanto mi aspettassi. Dispone di aria condizionata, comodi posti a sedere e televisione.

È in spagnolo, ma continuano a mostrare film americani di qualche anno fa, quindi li ho già visti o posso seguire la trama di base.

Prendo il sedile nel mezzo e sto zitto.

Fortunatamente, lo fanno anche le altre persone.

L'unica volta in cui abbia mai avuto un contatto visivo con qualcuno è quando stavamo entrambi aspettando di usare il bagno nello stesso momento.

L'autobus effettua fermate occasionali in varie

stazioni e seguo fuori il resto dei passeggeri per comprare tamales fatti in casa e altre cose che vendono alle bancarelle i distributori locali.

Quando ho bisogno di un tonico, opto per un succo appena spremuto, mango e mandarino sono i miei preferiti.

Il viaggio è lungo e noioso e in una stazione vedo alcuni tascabili in inglese.

Sono a buon mercato, quindi me ne concedo quattro. Sono per lo più di autori di cui non ho mai sentito parlare, ma non mi interessa. Senza uno smartphone, non ho accesso ai miei audiolibri, podcast, film, libri o musica.

Sono state trenta ore in cui non ho ascoltato altro se non i pensieri nella mia testa. È sufficiente, per me.

La maggior parte dei miei pensieri sono solo rimpianti e "e se".

La maggior parte ritornano a Olive.

Ho bisogno di qualcosa per distrarmi.

Finalmente, arriviamo a Tijuana. Una polverosa città di confine conosciuta per le prostitute e la droga.

Sono sorpreso di vedere che c'è anche un'altra parte di Tijuana. Ci sono costose caffetterie, ristoranti e boutique, e condomini in quartieri ricchi.

La stazione degli autobus è un nuovo bellissimo edificio con pareti di vetro e murales su un lato.

È un luogo vivace, pieno di venditori e di ogni sorta di gente che va e viene.

Aspettandomi un avamposto polveroso ai margini del mondo, sono piacevolmente sorpreso.

Chiamo Big Dipper non appena scendo dall'autobus e trovo un angolo tranquillo. È felice di sentirmi.

"Altre poche ore e avresti perso il lavoro," avverte.

"Perché c'è una tale fretta?"

"Sono un subappaltatore. Ci sono molte persone in lizza per questo lavoro. Se non riesco a consegnare, passano a un altro gruppo. Non è possibile trattenerlo. Né per te né per nessun'altro."

Non ha dovuto dirlo per ricordarmi che non siamo amici. Ci siamo incontrati alcune volte a Las Vegas, ci siamo divertiti un po', ma non siamo altro che soci in affari.

"Non dimenticare che una volta ti ho salvato la vita." Gli ricordo il debito che mi deve.

In questo lavoro, la tua parola è il tuo legame.

"Ecco perché ti ho offerto l'opportunità in primo luogo," afferma. "Tra mezz'ora incontrerai Dorothy allo Starbucks. Avrà il resto dei dettagli."

"Che aspetto ha?" Chiedo, ma Big Dipper ha già riattaccato.

Trovo lo Starbucks, prendo una tazza di caffè e prendo posto vicino alla vetrina. Controllo ogni faccia che entra ed esce e le guardo per vedere se mi stiano cercando.

Come ci si aspetterebbe, la maggior parte delle donne che prendono un caffè in una stazione degli autobus sono di corsa e frettolose.

Nessuno è semplicemente in giro e in attesa.

Lascio il posto per qualche minuto per usare il bagno e quando torno la vedo.

È lei? No, non può essere lei. Ha quarant'anni o forse

anche cinquanta.

"Sei Liam?" Chiede.

Per un secondo, dimentico il nome che Big Dipper
mi ha assegnato.

"Sì, sono io. Dorothy?"

"Oh, sì, che sollievo!" Dice, crollando sulla sedia di
fronte a me.

"Posso offrirti qualcosa da bere?" Offro.

"Sì, naturalmente. Prendo un cappuccino." Non mi
restano molti soldi e i pochi dollari riducono
considerevolmente i miei risparmi, ma non voglio
essere uno stronzo. Non così su due piedi.

Devo parlarle. Non voglio fare convenevoli, ma devo
parlarle di ciò che stiamo per fare.

Quando il suo caffè è pronto, le chiedo di fare una
passeggiata con me.

Nel caso in cui qualcuno ci segua, sembreremo solo
due persone che passeggiano per la stazione degli
autobus.

Se provassero ad ascoltare la nostra conversazione,

sarebbe ancora più difficile. A meno che...

Certo, devo proteggermi. La conduco fuori dalla stazione degli autobus e ci infiliamo in un vicolo vicino.

"Penso che sarebbe meglio se mostriamo di non avere microfoni," dico. "Prima di parlare."

Ci pensa un attimo e poi mi fa un cenno.

Si tira su la maglietta, esponendo il reggiseno nero e io sospiro di sollievo. Le mostro il busto e lei mi fa un cenno del capo.

Scambiamo i telefoni e controlliamo anche le registrazioni, senza trovare nulla.

"Va bene, facciamo due passi," dico.

Decidiamo di chiamarci a vicenda con il nostro nome falso al fine di coprirci con un ulteriore livello di protezione. Senza un nome, non c'è nessuno di cui parlare.

"Allora, qual è il loro piano?" Chiedo.

"Non lo sai?"

Alzo le spalle. "Big Dipper ha detto che me lo avresti

detto tu."

"Fondamentalmente, stasera, all'ora di punta, quando tutti gli altri espatriati torneranno negli Stati Uniti, entreremo nel camper che hanno preso per noi e oltrepasseremo il confine."

"È tutto?" Chiedo.

"Questo è tutto quello che so. Hanno detto che i dettagli dipendono da noi. Possiamo essere una coppia di sposi o ragazzo e ragazza o qualsiasi altra cosa, basta che attraversiamo il confine con successo, è tutto ciò a cui tengono."

"Certo, è tutto ciò a cui tengono. Non saranno loro quelli che dovranno affrontare anni di prigione se verremo presi."

"Anni?" La sua bocca si spalanca.

"Sì, naturalmente! Sono quarantacinque chili di metanfetamina. Sarebbe un gran bel bottino se ci catturassero."

Dorothy piega la testa e abbassa le spalle, invecchiando improvvisamente di trent'anni.

"Non so se posso farlo," sussurra.

23

NICHOLAS

QUANDO PROVO A CONVINCERLA...

IL MIO CUORE inizia a battere ma non lo lascio vedere. Ho bisogno che lei lo faccia e, se voglio convincerla, non posso sembrare disperato.

"Andrà tutto bene, Dorothy. Avremo una bella storia per proteggerci-"

"Qual è?" Chiede, incrociando le braccia sul petto.

"Stiamo uscendo insieme. Ci frequentiamo da un po'. Vuoi che mi proponga, ma io non voglio legarmi a te. Non sono un imbroglione, sono solo uno di quei ragazzi che non hanno bisogno di un pezzo di carta per definire chi ama."

Si appoggia al muro e tira anche su un piede. Vestita

con infradito e un abito lungo e fluente, sembra esattamente qualcuno in vacanza a Baja.

"Perché stiamo tornando?" Chiede.

"Tua madre è caduta di nuovo," dico senza perdere un colpo. "Stiamo andando a trovarla."

"Dove viviamo la maggior parte del tempo?"

"Nel camper. A tempo pieno. Almeno, per l'ultimo anno e mezzo. Adoriamo la vita sulla strada. Amiamo incontrare nuove persone e vedere posti nuovi."

Le dico tutto questo e molto altro. La storia mi esce dalla bocca così facilmente che mi sembra di averla raccontata un milione di volte, prima.

"Come ti senti ora?"

"Non mi sento ancora troppo bene per avere così tanta... di quella roba lì dentro," dice sottovoce.

Alzo le spalle. "Nemmeno io, ma nessun altro ci pagherà così tanti soldi per guidare un camper oltre confine."

La mia fiducia e la mia storia sembrano metterla a suo agio e lei mi mostra l'indirizzo che ha ottenuto da Big Dipper.

Quando lo cerchiamo, vediamo che è a poche strade di distanza. Il camper non è particolarmente grande ma, per fortuna, sembra che abbia avuto molta vita.

Con la nostra storia, abbiamo bisogno che la nostra casa sembri avere più di qualche chilometro. L'interno è pieno di vestiti e spazzatura, quel tanto che basta per sembrare vissuto.

"Questa cosa è perfetta," dico, seduto al volante. La portiera è aperta e ci sono due uomini in un'auto a un isolato di distanza che ci guardano. Devono essere stati loro ad averlo consegnato.

"Dov'è?" Chiede Dorothy.

Alzo le spalle.

"Pensavo che lo avresti saputo."

"Non lo so." Lei scuote la testa.

Una parte di me è tentata di cercarla, ma un'altra parte vuole solo guidare e farla finita.

"Non l'avrebbero lasciata in un posto facile da trovare, no?" Chiede Dorothy.

"Non se non vogliono che lo confischino. Ci saranno anche i cani."

Gli occhi di Dorothy si allargano e mi rendo conto di aver detto abbastanza.

"In genere, con la marijuana, la nascondono con il caffè. Non sono sicuro di cosa facciano con la metanfetamina, ma vogliono che arrivi lì in sicurezza. Non ci stanno buttando allo sbaraglio."

La mia voce è sicura, ma dentro sono pieno di dubbi.

C'è un mandato per il mio arresto.

E se questo fosse solo un grosso stratagemma?

No, Big Dipper non lo farebbe.

Perché dovrebbe perdere quarantacinque chili di meth quando potrebbe semplicemente chiamare i federali e riferire direttamente su di me?

O se anche questa fosse una bugia?

È l'ora di punta e, secondo Google Maps, ci vorranno almeno due ore per attraversare il confine a questo ritmo.

Tutti sono esausti.

Il sole batte su di noi e l'aria condizionata in questa cosa lascia molto a desiderare.

All'improvviso, non sono affatto affascinato da tutte le imperfezioni di questo impianto.

"Avevo un condizionatore migliore sull'autobus sulla strada fino a qui," dico.

Dorothy guarda in lontananza, registrando a malapena ciò che sto dicendo.

Provo ad accendere la radio, ma nessuna musica messicana mi attira, quindi la spengo.

"Allora, come sei arrivata a fare questo lavoro?" Chiedo dopo esserci fermati di nuovo.

Si gira lentamente verso di me, allontanandosi i capelli dal viso.

I nostri occhi si incontrano brevemente, ma poi lei distoglie lo sguardo.

Voglio chiederle se stia bene, ma non voglio darle di nuovo l'opportunità di dirmi che non vuole farlo.

"Mio marito," dice alla fine. "È molto malato. Cancro."

"Mi dispiace molto."

"Terzo stadio. Fegato. Ci sono alcune opzioni per il

trattamento, ma non sono buone. E sono davvero costose."

Il traffico accelera un po' e ci godiamo un ritmo costante di circa dieci miglia all'ora, ma solo per pochi minuti.

"Ci sono alcuni trattamenti sperimentali disponibili presso cliniche private. Non ci sono garanzie, ma voglio che combatta. Sta combattendo, ma le cose non sembrano buone."

"Allora, perché lo stai facendo?" Chiedo.

"Soldi, perché le persone riescono a fare qualsiasi cosa? Questi trattamenti sono promettenti, ma costano denaro. L'assicurazione non li copre. Abbiamo già ottenuto una seconda ipoteca per coprire la chemioterapia, ma non è abbastanza per provare questo. E non lo perderò per qualcosa di così stupido come il denaro."

Annuisco. Perché si arriva sempre a quello? Perché tutto sembra ruotare attorno ad alcuni pezzi di carta che qualcuno ha infuso di valore?

Sento la rabbia nella sua voce e sento il suo dolore.

Non lo capisco perché non lo sto attraversando, ma le

sono vicino e vorrei che ci fosse qualcosa che possa fare per sistemare le cose.

"Ecco perché questo deve funzionare," dice, le sue dita tremano. "Dobbiamo farlo funzionare."

Guidiamo in silenzio fino al posto di blocco. Il mio cuore batte forte nel petto quando arriviamo lì. Un agente con uno sguardo severo dipinto sul suo viso arriva dalla parte del guidatore.

"Passaporti, per favore," dice.

24

NICHOLAS

QUANDO ATTRAVERSIAMO IL CONFINE...

ALLUNGO IL MIO passaporto all'ufficiale e poi mi rivolgo a Dorothy e dico "Dai, sbrigati. Come se non avessi avuto tre fottute ore per tirarlo fuori."

Lei sbuffa e cerca il suo nel vano portaoggetti.

"Quali sono i vostri affari, in Messico?" Chiede.

"Siamo camperisti a tempo pieno," commenta Dorothy. "Abbiamo venduto la nostra casa l'anno scorso e abbiamo trovato questa carcassa qui, e la adoriamo."

"Lei ha un nome?" Chiede, guardando il mio passaporto. Per un secondo, esito. Lei? Di cosa sta parlando?

"Certo che sì!" Dice Dorothy, porgendogli il passaporto. "Ci dispiace, abbiamo riscontrato un problema e abbiamo dovuto estrarre il manuale. Beh, sa com'è, giusto? Tutto in quella cosa viene mescolato."

"Uh-huh," dice, guardando il suo passaporto.

"Libertà!" Dorothy urla su di me.

"Prego?" Chiede.

"Libertà. Questo è il nome del nostro camper. Non è bello?"

"Sì, lo è," dice lui, piuttosto disinteressato.

"Va bene, beh, tutto sembra essere in ordine, qui. Aspettate un momento mentre facciamo in modo che il cane fiuti in giro."

Si allontana prima che uno di noi due possa dire una parola.

Ci scambiamo sguardi complici e tratteniamo il respiro.

Quando il cane finisce con la macchina davanti, il suo conduttore lo porta da noi.

Rilasso le mani attorno al volante e giocherello con la radio.

Dorothy sembra improvvisamente entrare nel panico. Per distrarla, scelgo una discussione. Siamo insieme da anni, quindi non dovrebbe essere un grosso problema per noi discutere in pubblico.

"Quando torno, prima vado in palestra," annuncio. "Ti lascerò da tua madre e ci incontreremo più tardi."

Le ci vuole un secondo per rispondere, ma poi lo fa.

"Non vedrai mia madre?" Ansima. "Abbiamo guidato fino a qui e non ti fermerai nemmeno?"

"Lo farò, in circa un'ora. Ho bisogno di rilassarmi. Inoltre, non *abbiamo* guidato fino a qui. *Ho* guidato fino a qui," la correggo. "E tu non vuoi andare a vederla da sola. E tu lo sai. Sono il tuo mediatore."

"Non sei un mediatore!" Urla.

"A posto. Fate buon viaggio," dice l'agente di frontiera, toccando il lato del camper. Vado via e alzo il finestrino, ma non smettiamo di litigare finché non siamo a qualche chilometro di distanza, per sicurezza.

"È successo davvero?" Mi giro verso Dorothy con un ampio sorriso sul mio viso. Lei annuisce, emettendo uno strillo acuto e battendo le mani. Estrae un Twix dalla borsa e si offre di dividerlo con me.

"No, grazie," dico.

"È la nostra barretta per festeggiare!" Dice Dorothy. "Latte al cioccolato. Caramello. È delizioso. Dai, lo sai che lo vuoi."

"È tutto tuo," dico, scuotendo la testa.

Lo addenta febbrilmente, togliendosi le briciole che le cadono sulla maglietta.

"Dove stiamo andando, ora?" Chiedo quando il suo telefono emette un segnale acustico. La località di consegna si trova a una ventina di chilometri a nord.

"Che cosa hai intenzione di fare, ora?" Chiedo dopo un lungo periodo di silenzio. "Andrai a casa a San Diego?"

"Quanto dureranno i soldi per i trattamenti contro il cancro?" Chiedo.

Si morde il labbro inferiore. "Un po', ma non lungo."

"Che cosa hai intenzione di fare allora?"

"Probabilmente lo farò di nuovo," dice, guardando in lontananza. "Cosa altro posso fare?"

Guardiamo il deserto che si allarga davanti a noi. Il cielo è blu brillante e la terra è di un beige polveroso, ed è il posto più bello del mondo.

"Verrai con me?" Chiede. Siamo stati fortunati una volta.

"Non posso. Non fa per me."

"Peccato."

"Dorothy, devi essere intelligente. Se lo fai di nuovo, e questo dovrebbe essere un grande se, dovresti andare in Arizona o in Texas o da qualche parte lontano da questo confine."

"Perché?"

"Non puoi rischiare di incontrare lo stesso agente. Non crederà alla tua storia la seconda volta, se verrai con un *ragazzo* diverso."

"Ci penserò," dice sottovoce.

Voglio scuoterla. Voglio dirle di non forzare la sua fortuna.

Quello che è successo è stato un miracolo e i miracoli non tendono ad accadere in sequenza.

Arriviamo al punto di consegna pochi minuti dopo. È il parcheggio di un Walmart. Grande, spazioso e non molto pieno. Parcheggio nella parte posteriore. Dobbiamo lasciare le chiavi nel camper, entrare, fare acquisti e poi uscire.

Sono nervoso nel lasciarlo aperto, ma vedo due tizi seduti nel loro vecchio camion malconcio che mi guardano. Lo stanno aspettando.

"Come prenderemo i soldi?" Dorothy continua a chiedermi mentre camminiamo nel corridoio senza meta.

"Li consegneranno," dico.

"E se non lo facessero?"

Mentirei se quel pensiero non mi fosse passato per la testa.

Ma non c'è molto che io possa fare. Non voglio

davvero tenere tutta quella meth più a lungo del necessario.

"Dovremmo solo essere pazienti," dico.

I suoi occhi incontrano i miei nella sezione della spesa. È preoccupata, molto più di me.

Il mio obiettivo era di entrare negli Stati Uniti. Se tutto va a meraviglia, posso andare a Las Vegas e trovare Big Dipper e provare a sistemare le cose.

Ma Dorothy? Non lo conosce davvero, è una voce al telefono.

E ha bisogno di soldi per salvare la vita di suo marito.

25

NICHOLAS

QUANDO ASPETTIAMO...

Usciamo del negozio, tenendo le nostre borse della spesa piene di snack, cibo e acqua. La maggior parte è mia.

Conduco Dorothy alla fermata dell'autobus dall'altra parte del parcheggio. Sarebbe il posto meno evidente per farlo.

"Il camper non c'è più," dice Dorothy, rivolgendosi a me.

"Lo stanno esaminando."

"L'hanno preso e non ci pagheranno," dice scuotendo la testa.

È una possibilità molto reale, lo ammetto, ma tengo la

bocca chiusa. Non voglio preoccuparla più di quanto non sia già.

Aspettiamo quasi dieci minuti, che sembra un decennio.

Quindi la stessa macchina, ma questa volta con un solo tizio a bordo, arriva. Non esce.

Si ferma, apre la porta e ci consegna una borsa da viaggio, poi si allontana.

Apro la cerniera e scruto dentro. Vedere fasci di denaro mi fa cantare il cuore. Saranno sufficienti per ottenere una nuova identità, una pulita, e per iniziare una nuova vita.

"È tutto qui," dice Dorothy, felice, dopo aver fatto un conteggio rudimentale del denaro. "Cosa farai adesso?"

"Prenderò un taxi e passerò da un concessionario di auto usate. Non puoi girare la California senza. Tu?"

"Stessa cosa, immagino. Meno il concessionario auto."

"Prenderai il taxi fino a San Diego?" Chiedo. Lei scrolla le spalle. "Con tutti quei soldi?"

Lei alza di nuovo le spalle.

"No, vieni con me e ti darò un passaggio."

Compro una 2006 Honda Accord per tremila dollari, scegliendone una che abbia una trasmissione del suono che non si rompa in un momento scomodo in autostrada.

Dopo aver lasciato Dorothy a casa sua, chiamo Big Dipper.

"Quando saranno pronti tutti i miei documenti?" Chiedo non appena risponde.

"Ottimo lavoro. È bello avere tue notizie," dice.

"Mi dispiace, è stata una lunga giornata."

"Ho bisogno di qualche giorno in più," afferma Big Dipper.

"Ancora qualche giorno? Pensavo di poter volare fuori dal paese domani."

"Non si può fare. La moglie del tizio sta avendo un bambino."

"Cosa?" Chiedo, mezzo ridendo. Mi aspettavo un qualsiasi tipo di scusa, ma non quella.

"Sì, è il mondo in cui viviamo. Sta avendo un bambino e lui è lì per lei, non importa con quale merda stia avendo a che fare."

Rido, scuotendo la testa.

"Inoltre, forse è una buona cosa. La sicurezza aeroportuale è severa. Dovrai essere invisibile se vuoi uscire in aereo."

"Anche con i nuovi documenti?" Chiedo.

"Vai online e cercati su Google, vedrai. Faresti meglio ad andare in un posto tranquillo e volare basso. E per basso intendo davvero basso. Niente amici. Né conoscenti. Niente ragazze. Oh, amico, la tua vita farà schiiiiifo!"

Dopo aver riagganciato, vado in un negozio di telefoni cellulari e mi compro uno smartphone adeguato.

Pago in contanti e lo registro utilizzando il passaporto che ho usato per attraversare il confine.

Di nuovo nel parcheggio, mi cerco online.

Big Dipper non mentiva.

Il numero di programmi e articoli che presentano il mio nome è più che raddoppiato da quando ero in Belize.

Sarebbe un desiderio proibito provare a volare fuori dal LAX o da qualsiasi altro aeroporto con tutti i loro software di riconoscimento facciale.

L'unica ragione per cui sono tornato negli Stati Uniti è che nessuna agenzia governativa pensava che sarei stato così stupido da tornare qui.

"Fanculo," dico. "Che cazzo faccio adesso?"

Avvio il motore e guido. Svoltando sulla Pacific Coast Highway, guido con l'oceano da un lato. La luna oggi è di un giallo intenso e brillante, che proietta ombre sulle onde silenziose fuori dall'orizzonte.

È stata una giornata molto lunga e probabilmente dovrei trovare una stanza d'albergo da qualche parte, ma non riesco a smettere di guidare.

Ho messo su un po' di rock classico e mi sono perso in Bob Dylan e nei Rolling Stones.

La mia presa sul volante è rilassata e mi siedo comodamente sul sedile di cuoio stagionato.

Ci sono circa centoventimila chilometri su questa macchina. Mi chiedo dove sia stata in tutta la sua vita? Ha viaggiato attraverso il paese e, in caso affermativo, quante volte? O ha guidato solo per gli stessi venti chilometri, da casa al lavoro, ancora e ancora?

Nel mio cuore, spero che abbia visto qualche avventura. Le auto, dopo tutto, sono destinate ad andare in posti.

A proposito di luoghi, dove dovrei andare adesso? Due direzioni sono fuori discussione. Non posso tornare a sud e non posso andare fisicamente a ovest se non prendo un aereo. Quindi, è nord o est, per me.

Non ci vuole molto perché i miei pensieri tornino ad Olive.

Ogni volta che mi rilasso o non ho nulla di stressante a cui pensare, tornano sempre da lei.

Quando vedo un cartello per andare verso est, imbocco quella strada e mi porta via dall'oceano. So dove si trova e ora che ci separano meno di due ore, sento la sua attrazione gravitazionale.

Non riesco ad arrivarci abbastanza velocemente.

Non voglio andare veloce, ma a centodieci all'ora, mi sento come se stessi guidando attraverso la melassa.

Finalmente, un'ora dopo, inizio a vedere le indicazioni per le città del deserto. Poco dopo, passo davanti a Cabazon Outlets e finalmente vedo le pale eoliche che separano Palm Springs dal resto della California meridionale.

le pale eoliche sono alte e numerose. Di notte, sono praticamente invisibili ad eccezione delle luci rosse lampeggianti nella parte superiore. Sono posizionati in una valle tra due catene montuose del deserto, un luogo ottimale per sfruttare i grandi venti.

È una giornata particolarmente ventosa e la mia macchina inizia a tremare per la pressione.

Afferro il volante un po' più saldamente per tenerlo al suo posto.

Sono stato a Los Angeles diverse volte, ma non sono mai stato a Palm Springs. Come si può vivere qui con tutto questo vento? Mi chiedo tra me.

Ma tutto cambia quando arrivo su Palm Canyon Drive. Qui, le palme ondeggiano a malapena nella brezza e le persone si godono felicemente il cibo all'esterno.

Dietro i ristoranti e i parcheggi, c'è un'enorme montagna che domina il canyon. La stessa montagna che incanala il vento verso nord è ora quella che lo sta bloccando.

Inserisco l'indirizzo che ricordo appartenere alla madre di Olive.

È l'unico indirizzo che ho.

Non posso contattare il mio investigatore.

È un po' troppo bravo a trovare persone e questa è l'ultima persona che voglio sulla mia strada, in questo momento.

Salgo un lungo vialetto e oltrepasso il cancello senza fermarmi. In cima alla collina, c'è una piccola villetta.

Parcheggio proprio di fronte, un po' sulla strada, a dire la verità. Ma da questo punto posso vedere le persone entrare e uscire da casa sua.

Poi, aspetto.

Un'ora dopo, mi sento un totale idiota.

Quali sono le possibilità che anche lei cerchi ancora
sua madre? E anche se lo facesse, ciò non significa
che dovrebbe essere a casa sua, in questo momento.
Tuttavia, voglio rimanere più a lungo, ma le mie
palpebre iniziano ad essere pesanti.

L'unica cosa che non posso fare è addormentarmi
qui. Aspetto ancora.

Poche ore dopo, vado via.

26

OLIVE

QUANDO LI INCONTRO...

Mi cambio circa cinque volte prima di decidere quale outfit sia quello giusto. Per qualche ragione, sono più nervosa di incontrare *loro* di quanto non fossi con lei.

Beh, no, non è vero. Stavo morendo dentro la prima volta che sono andata da Josephine. Tuttavia, incontrare marito e figli è una grande faccenda. Non mi aspettavo che arrivassimo a quel livello così in fretta.

Alla fine, mi presento a casa loro in un abito con colletto e con una cintura sul davanti. È elegante, ma non troppo. Dopo essere stata indecisa tra infradito e tacchi, finalmente decido per dei sandali con zeppa.

Josephine mi apre la porta e mi dà un caldo abbraccio. Due bambini giocano nel soggiorno. Uno ha quattro anni, l'altro due. Mi inginocchio accanto a loro.

Ellen, la più grande, mi mostra le sue macchinine e Byron, il bimbo più giovane, mi mostra la sua collezione di adesivi.

Adoro quanto informale la loro presenza stia rendendo l'intera interazione. Non ci stringiamo la mano, semplicemente parliamo subito. Josephine è un po' lontana da me, osservandoci amorevolmente.

"Dov'è il tuo papà?" Chiedo a Byron. Indica la cucina e grugnisce. Ellen ride, così come Josephine.

"Sarà fuori tra un minuto," dice Josephine.

"Certo, niente fretta," dico, sedendomi su una sedia e ammirando i miei fratelli.

Non so se Josephine vorrebbe che pensassi a loro così, ma lo faccio già e mi sto innamorando di loro.

"Olive! Mi dispiace tanto, ero al telefono." Un uomo dell'età di Josephine esce per salutarmi.

Ha gli occhi gentili, un corpo forte e un sorriso che

illumina l'intera stanza. Mi dà un caldo abbraccio e un bacio sulla guancia.

"Dai, sediamoci. Posso offrirti qualcosa da bere?" Chiede.

"Wallace fa i migliori Old-fashioneds."

"Dovrò provarlo."

"Jo mi ha raccontato tutto quello che è successo, ma mi piacerebbe saperne di più su di te," dice Wallace quando ci sediamo in salotto. "E comunque, sono così dispiaciuto che sia successo. Da quando conosco Jo, ti sta cercando. E mi dispiace che voi due non vi conosciate da tutti questi anni."

Le sue parole mi fanno venire le lacrime agli occhi e non riesco a trattenerle. Sono così inaspettate e amorevoli che sono fisicamente sopraffatta.

Trascorro la maggior parte della cena a parlare di me stessa, dopo che hanno posto domande dopo domande sulle mie esperienze.

Sono combattuta tra il dire loro tutta la verità e nasconderne una parte con bugie. So che tutta la verità farà del male a Josephine anche più di quanto non faccia già e voglio proteggerla da un po' del dolore. Ma lei merita di sapere cosa è realmente successo a sua figlia.

Fortunatamente, dopo il dessert, i bambini iniziano a dominare la conversazione e mi ritrovo a sgattaiolare via.

Gioco con loro.

Parlo con loro.

Chiedo loro delle loro vite ed Ellen risponde per entrambi.

"Penso che si stia facendo tardi," dico poche ore dopo.

Non voglio davvero andare, ma non voglio nemmeno approfittare dell'ospitalità.

"Stiamo per mettere Byron a letto e fare in modo che Ellen trascorra un po' di tempo in tranquillità, ma puoi restare solo per un po', ancora?" Chiede Josephine. "Possiamo avere qualche altro drink fuori nel patio."

"Certo," dico, camminando verso la porta a vetri scorrevole.

"Torneremo presto. Sentiti libera di andare là fuori se vuoi," dice Wallace.

Dopo aver dato il bacio della buonanotte ai bambini, li guardo scomparire lungo il lungo corridoio e mi sento completamente sola.

La valle è illuminata da un milione di piccole luci. I panorami girano attorno al portico e sono assolutamente mozzafiato.

Quando alzo lo sguardo, vedo che la casa è praticamente incastonata nella montagna dietro di essa.

Seguo la curva della piscina, attorno alla vasca idromassaggio con una cascata di fronte ad essa, e verso l'altro lato.

Le luci davanti non arrivano così lontano, e mi ci vuole un momento per adattarmi all'oscurità in questo angolo del cortile.

"Non mi presenti?" Chiede Owen. Per un secondo, penso di star sentendo cose che non esistono.

Ma quando i miei occhi si adattano all'oscurità, lo vedo. È in piedi sulla soglia della loro casa, vicino alla piscina.

"Che cosa ci fai qui?" Corro verso di lui e lo spingo dentro.

"Perché sei *qui*?"

Guardo indietro sperando che ci voglia un po' più di tempo, all'interno.

"Volevo solo controllare mia sorella e vedere come stesse."

"Hai chiarito perfettamente che non sono più tua sorella," scatto.

"Beh, ho pensato che forse potremmo tornare a quello."

Lo vedo come una possibilità. "Sì, possiamo," dico. "Voglio solo che tu esca di qui."

"No," dice ad alta voce. "Ripensandoci, preferirei che tu fossi qualcosa di più di una sorella."

"Abbassa la voce," sussurro, cercando di compensare il suo tono forte con la calma del mio.

Non funziona.

"Perché non hai risposto alle mie chiamate?" Chiede.

"Abbiamo litigato, Owen. Non voglio parlarti."

"Certo," dice, agitando la mano e sedendosi sul loro letto.

"Alzati!" Lo afferro per tirarlo su, ma invece mi tira su di lui.

"Stammi lontano!" Grido, ma mi mette una mano sulla bocca.

Mordo più forte che posso. Lui urla di dolore e mi dà uno schiaffo in faccia. La mia guancia brucia come se fosse avesse preso fuoco e qualcosa inizia a colarmi dal naso.

Quando sento il sapore del ferro, mi rendo conto di perdere sangue dal naso.

Prima di poterlo fermare, sono sul letto, distesa sulla schiena, e lui è sopra di me.

"Scendi," piagnucolo, ma lui non si muove.

Invece, mi tiene le mani fisse indietro, torreggiando su di me.

"Stasera, sei mia," mi sussurra all'orecchio e tira fuori una pistola. "Se non fai come ti dico, ucciderò quella tua nuova famiglia."

27

OLIVE

QUANDO STO ZITTA...

La mia testa si svuota. Il mio corpo smette di muoversi e resistere.

Ho appena riavuto mia madre. Non ho intenzione di fare nulla per ferirla. Non farò nulla che possa ferire mio fratello e mia sorella.

"Ecco, così," dice, rilassando un po' la presa attorno alle mie mani, ma non sulla pistola. "Ora, farai esattamente come dico o moriranno."

"Che garanzia ho che non li ucciderai... dopo?" Chiedo, profondamente consapevole della mia bocca arida.

"Nessuna. Ma ti lascerò andare se mi divertirò qui."

Il sangue scorre via dalla mia faccia.

Le mie dita diventano fredde come il ghiaccio, così come i miei piedi. Palpa il mio corpo come se avessi dato il mio consenso.

I pensieri mi corrono in testa.

Per lo più, sono ricordi di come era una volta.

Come può davvero essere l'uomo che conoscevo?

Come può davvero essere l'uomo a cui ho scritto tutte quelle lettere in prigione e che mi ha scritto tutte quelle lettere in risposta?

Era una persona che ammiravo e ora è una persona che disprezzo.

Sento odore di liquore nel suo respiro. È ubriaco, ma ha un'alta tolleranza.

Tuttavia, sa esattamente cosa sta facendo. Le sue mani si muovono attorno al mio corpo mentre provo a capire cosa fare.

Non posso permettere che ciò accada, ma non posso nemmeno lasciare che ferisca Josephine o la sua famiglia.

Ho molti rimpianti nella mia vita e questo non sarà uno di essi.

Comincia a baciare le mie labbra, la mia bocca e il mio viso. Quando inizia a spostarsi lungo il collo, mi sussurra: "Baciami anche tu."

Non voglio, ma non posso dire di no.

Devo guadagnare più tempo.

Ho bisogno di capire cosa fare.

Ci deve essere una via d'uscita.

Voglio morderlo, ma mi costringo a baciarlo indietro.

Non sembra notare che lo stia facendo sotto coercizione.

"Sì, non è fantastico, Olive? Non è tutto ciò che hai sempre sognato?" Borbotta e mi bacia di nuovo.

Premo le mie labbra sulle sue, apro lentamente gli occhi e guardo giù.

Non riesco a vedere con certezza ma sembra che non stia più tenendo la pistola. Sposto il mio corpo e lui si muove su di me.

Pensa che sia sotto il suo incantesimo, quando tutto

quello che sto facendo è cercare di trovare il giusto angolo.

Quando mi afferra dal petto, mi allontano di scatto e lo colpisco con la testa. Fa una smorfia per il dolore, ma non è abbastanza per tenerlo lontano.

Mi blocca di nuovo, ma io mi divincolo dalla sua presa. Cerco la pistola nel letto, ma non riesco a trovarla.

Provo a prenderlo a calci, ma il suo corpo è troppo vicino al mio.

Quindi lo fa di nuovo.

Mi preme l'avambraccio contro la gola.

Le mie vie respiratorie si restringono e inizio a respirare affannosamente. Comincio a vedere le stelle e poi la mia visione diventa sfocata.

Quando tutto diventa nero, finalmente mi lascia andare. La gola mi brucia ad ogni colpo di tosse.

"Non farlo mai più, Olive," sogghigna.

Lo guardo.

L'aria inizia a tornare, cancellando i miei pensieri offuscati.

È di nuovo su di me, non mi sta soffocando, ma sta cercando di togliermi i vestiti.

Tasto al mio fianco per qualsiasi cosa pesante o dura che possa usare per proteggermi. Ma le mie dita non trovano altro che lenzuola.

E poi...

È così fredda e dura, è difficile credere che sia lì ed è difficile confonderla con qualsiasi altra cosa. Prendo la pistola e spingo la canna nel suo corpo. Quando premo il grilletto, lui emette un urlo, avvolgendosi lo stomaco con le mani.

"Olive, dammi la pistola," dice qualcuno ancora e ancora mentre sto sopra Owen che si contorce per il dolore.

Si ripete più volte prima che io registri il fatto che è Wallace a parlare.

"La polizia sta arrivando," sussurra Josephine. "Non ti farà più del male."

Ad un certo punto, rinuncio alla pistola.

Ad un certo punto, i paramedici mi gettano una di quelle coperte grigie sulle spalle per tenermi al caldo.

Ad un certo punto, mettono Owen su una barella e iniziano a portarlo via.

Ad un certo punto, Josephine mi prende tra le sue braccia, mi bacia la testa e mi dice che tutto andrà bene.

La polizia non mi concede molto tempo per riposare prima che vengano da me con le loro domande.

Josephine e Wallace sono entrati vedendo me in piedi con la pistola puntata su Owen dopo che gli avevo già sparato. Nessuno qui sa chi sia e, per un momento, discuto se dovrebbero.

"Oh, no, cosa ti ha fatto?" Chiede Josephine, tirandomi la coperta attorno al collo e osservando i lividi.

La lascio cadere sul pavimento e mostro loro tutto.

Non ha senso nasconderlo.

Se mento o cerco di proteggerlo, mi arresteranno.

Documentano i miei lividi. Scattano foto e prendono appunti.

Ce ne sono molti di più di quanto pensassi di avere.

Ce ne sono al collo dove ha cercato di strangolarmi.

Ci sono quelli sulle mie braccia dove mi ha bloccata.

Ci sono quelli sulle mie gambe quando ho reagito.

C'è anche un segno visibile sulla mia guancia di quando mi ha schiaffeggiata e il mio naso ha iniziato a sanguinare.

Descrivo cosa è successo nel modo più dettagliato possibile.

Ci sono alcune parti dell'attacco di cui non ricordo bene l'ordine, ma tutto il resto è cristallino.

"Volevo immobilizzarmi, ma poi avrebbe ottenuto quello che voleva," dico alla fine. "E non potevo lasciarglielo fare."

I detective sono freddi e non rispondono, ma almeno Josephine e Wallace mi credono.

"E come faceva a sapere che eri qui?" chiede uno degli agenti di polizia.

"Sapeva che ero venuta a Palm Springs per trovare mia madre. Avevo il suo indirizzo e lui l'ha visto."

"Ed è il tuo ragazzo?"

Scuoto la testa. "È mio fratello," dico piano. C'è un visibile sussulto a quella rivelazione.

"Ma sapeva da molto tempo che non eravamo veramente imparentati. È qualcosa che io ho scoperto solo di recente."

C'è molto altro da dire e molto altro da tenere per me.

Ma non è Owen che voglio proteggere.

È Nicholas.

Owen ha giocato le sue carte. Ha cercato di violentarmi, ha minacciato di uccidere la mia vera madre e la sua famiglia.

Ma più dico loro perché siamo qui, più è probabile che trovino la nostra connessione con Nicholas.

"E come si chiama il tuo aggressore?" Chiede uno di loro e poi mi blocco.

28

OLIVE

QUANDO PRENDO UNA DECISIONE...

L'UFFICIALE di polizia mi chiede di nuovo il nome di Owen. E poi di nuovo. E di nuovo.

All'inizio, avevo pensato che sarebbe stato semplice andare avanti e dire loro la verità, ma poi i dubbi si insinuano nella mia testa. Voglio così tanto che sia la persona che pensavo che fosse che non riesco a fare i conti con chi è veramente.

"Signorina, come si chiama?" Chiede un detective.

Stanno diventando impazienti. Josephine mi abbraccia e mi chiede di darci un secondo.

"Cosa c'è che non va? Perché non glielo dici?"

Le lacrime iniziano a scorrere lungo il mio viso.

"Non avrei mai pensato che potesse farmi questo.
Pensavo fosse una persona di cui potevo fidarmi.
Ho aspettato così tanto che uscisse di prigione e
poi uscisse da quel coma..." La mia voce si
affievolisce mentre resto senza fiato in mezzo ai
singhiozzi.

Ma toccandomi il collo, sussulto.

"Ha cercato di strangolarti, Olive," dice Josephine
con la sua voce rassicurante e gentile.

Annuisco.

"Ha cercato di violentarti. Ci sarebbe riuscito se non
gli avessi sparato. Merita tutto ciò che gli capiterà
ora."

"So che è così. Lo so."

"Allora, cosa ti trattiene?"

Deglutisco forte. Quando la guardo, mi perdo un
attimo nel blu delle sue iridi. C'è una tale profondità
che fa tremare tutto il mio corpo.

"Puoi farcela," mi sussurra all'orecchio.

Apro la bocca per dirlo, ma un altro poliziotto mi interrompe.

"Si chiama Owen Kernes ed è suo fratello," riferisce.

"Tuo fratello ha cercato di violentarti?" Chiede il detective.

"Sì, ma non è mio fratello biologico."

Non l'ho già detto? Mi chiedo.

Improvvisamente, ho un'esperienza extracorporea. Mi ritrovo a raccontare la storia, o parte della storia della mia vita, ma non mi sento come se lo stessi dicendo io. Invece, sto guardando questa bambina spaventata con una coperta intorno alle spalle dire a un gruppo di sconosciuti in uniforme cose che non ha mai detto a nessuno, prima.

Mentre i detective rivolgono la loro attenzione a Wallace, mi allontano da Josephine e cammino verso l'ambulanza.

Qualcuno mi impedisce di salirci, ma non prima che io riesca a urlare: "Perché l'hai fatto? Perché hai fatto una cosa del genere?"

Owen non risponde.

"Perché?" Grido, battendo i pugni sul retro dell'ambulanza.

"Perché niente importa senza di te, Olive," dice lentamente. "Non capisci?"

"No." Scuoto la testa.

"Non ho una vita senza di te," dice.

I paramedici chiudono la porta e qualcuno mi allontana. Grandi lacrime mi scorrono sul viso, mi siedo e nascondo il viso tra le mani.

Dopo un po', gli agenti di polizia se ne vanno. Probabilmente dovrò rispondere a più domande e fornire più spiegazioni, ma per ora mi lasciano sola. Josephine mi offre del tè e uno Xanax, ma accetto solo il tè.

"Mi dispiace davvero per tutto questo," dico entrambi in cucina. I bambini fortunatamente dormono e hanno dormito tutto il tempo.

Sono sicura che sono tentati di chiedermi di raccontare tutto ciò che è accaduto, ma per fortuna non lo fanno. Non ho l'energia per dirlo ancora una volta.

"Penso che farò meglio a tornare a casa. Ho bisogno di dormire un po'."

"No, no, no," dice Josephine. "Per favore, rimani nella nostra camera degli ospiti. È già tutto pronto."

"Solo se vuoi," dice Wallace, dandomi una scappatoia.

"Va bene, ma solo se non è una grande imposizione," accetto.

La stanza è spaziosa, circa le dimensioni di una camera da letto padronale in una casa normale. Ha il proprio bagno e una cabina armadio. Wallace mi mostra dove tengono gli asciugamani e Josephine entra con delle tute.

"Sono sicura che vorrai cambiare i tuoi vestiti. Fammi sapere se non ti stanno e cercherò di trovare qualcos'altro."

"Sono sicura che andranno bene," la riassicuro e ci auguriamo la buonanotte.

Mi tolgo i vestiti che la polizia mi ha dato dopo che

mi hanno fotografata e preso i miei per le prove. Passo direttamente nella doccia e crollo sul pavimento.

Le mie lacrime si mescolano con l'acqua che scorre veloce, alleviando un po' del mio dolore. Mi sento così sola e c'è solo una persona che può far sparire tutto, ma non è qui.

I miei pensieri tornano a Nicholas.

"Dove sei?" Chiedo. "Perché non sei qui? Perché mi hai ascoltata quando ti ho detto di andartene? Perché non sei rimasto a combattere?"

AL MATTINO, alle prime luci, mi alzo e sgattaiolo fuori da casa loro. Lascio loro un biglietto ringraziandoli per tutto quello che hanno fatto e dicendo loro che ho bisogno di un po' di tempo da sola. Alla fine, prometto di rimanere in contatto.

Non dico loro dove sto andando perché non lo so nemmeno io.

Tutto quello che so è che ho bisogno di spazio.

Devo andare da qualche parte per schiarirmi le idee.

Gli sbirri mi hanno detto di stare vicina nel caso avessero più domande, ma tornerò se così fosse.

Non sto scappando, sto andando da qualche parte per ritrovare me stessa.

29

OLIVE

QUANDO PROVO A SCHIARIRMI LE IDEE...

GUIDO PER MOLTO TEMPO. Non so dove stia andando e non voglio saperlo davvero. Quando la prima alba si trasforma in mezzogiorno, accendo l'aria condizionata e continuo a guidare.

Quando ho fame, mi fermo ad una stazione di servizio e vago per i corridoi cercando qualcosa di sano da mangiare. Ciambelle stantie e vecchie caramelle dovrebbero essere appetitose, ma per qualche motivo non lo sono.

Prendo dell'acqua e torno in macchina.

Cosa sto cercando? Non lo so.

La mia vita è adagiata davanti a me, ma non so dove

mi porterà. Potrei fare qualsiasi cosa, eppure non ho voglia di fare nulla.

Continuo lungo la Pacific Coast Highway, osservando le onde che si infrangono contro sé stesse lungo le colline sottostanti. Ogni pochi chilometri c'è un belvedere e la gente si ferma e scatta foto.

Un piccolo raggruppamento di negozi è dietro la curva. Non so esattamente dove mi trovi, tranne per il fatto che sia da qualche parte nella California centrale. I negozi sono piccoli, più simili a baracche e mi fermo in uno per comprare un po' di frutta e una tazza di succo.

Cammino sulla sabbia e bevo il mio succo con i piedi sepolti in profondità sotto la fredda e grossa sabbia. Il vento che viene dall'oceano mi fa venire i brividi e vorrei avere un maglione più caldo, ma allo stesso momento mi sveglia. Guardo l'orizzonte e mi ci perdo per molto tempo.

Quando bevo l'ultima goccia, il mio corpo si sente pieno ed energizzato, ma la mia mente non è meno confusa. Una parte di me vuole tornare a casa, non solo perché è l'unico posto che sembra familiare, ma un'altra parte vuole andare alle Hawaii per la sola possibilità che lui sia lì.

Ho cercato di togliermi dalla testa Nicholas per molto tempo, ma non funziona. Pensavo che non essere sui social media avrebbe semplificato le cose. Ma per qualche ragione, ha reso l'intero processo più insopportabile.

È andato.

Svanito.

E più l'FBI, la polizia e chi sa chi altro lo cercano, più sembra lontano.

Se non riescono a trovarlo loro, come posso farlo io?

Sono sicura che ci sono molte donne là fuori in questo momento che non vorrebbero altro che tagliare ogni rapporto con il loro ex. Nessun numero di telefono a cui scrivere dopo qualche bicchiere di vino, nessun post sui social media su cui sbavare o essere gelosa.

Beh, all'inizio pensavo di essere una delle fortunate.

Non posso contattarlo e questo significa che se lo voglio fuori dalla mia vita, è fuori dalla mia vita.

Ma ora?

Ora che non riesco davvero a contattarlo, sono improvvisamente piena di rimpianti.

Vorrei che ci fosse altro da dire.

Vorrei non essere stata così arrabbiata quella notte, aver ascoltato quello che stava cercando di dirmi. Vorrei essere stata abbastanza forte da dirgli che lo amo e farglielo semplicemente sapere.

Da qualche parte in lontananza, vedo un ragazzo camminare eccitato, tenendo la sua tavola da surf. La sua muta inizia alle caviglie e si chiude fino al collo, lasciando liberi solo i piedi, le mani e la testa.

L'oceano in California è freddo tutto l'anno. Pensavo che se fuori ci fossero venticinque gradi, l'acqua sarebbe stata calda come in Florida. Ma le correnti provengono dall'Alaska e la costa è molto profonda, quindi se vuoi trascorrere un tempo considerevole in acqua, devi indossare una muta.

Il surfista tira la cerniera sulla sua schiena per chiuderla prima di farmi un leggero cenno e correre tra le onde.

All'improvviso, un'ondata di nostalgia mi travolge.

Ricordo di aver camminato su quella calda spiaggia hawaiana e di aver visto Nicholas per la prima volta, prima ancora di sapere che fosse Nicholas.

Sembra che sia successo un milione di anni fa e forse perfino a qualcun altro.

È possibile?

Seppellisco la mano nella sabbia fresca e tasto un guscio liscio come il vetro all'interno. Girandolo tra le dita, penso a Nicholas.

Mi manca molto più di quanto io voglia ammettere.

Mi mancano le sue labbra. Mi manca il suo tocco.

Ma la cosa che mi manca di più è la sua presenza.

Ha una calma tutta sua. Qualunque cosa stessi attraversando, sarebbe andato tutto bene solo perché lui era lì.

Tutto quello che voglio fare ora è raccontargli tutto quello che è successo. Era quello che avrebbe dovuto essere qui quando ho incontrato la mia vera madre. È stato lui a trovarla.

Il mio telefono vibra nella tasca.

È Josephine.

Sono tentata di non rispondere. Sto per premere il pulsante "ignora".

"Ciao, scusa se me ne sono andata così all'improvviso," dico, cambiando idea.

"No, va bene, capisco perfettamente," dice un po' distrattamente.

"Per favore, dì a Byron ed Ellen che li vedrò presto," dico, sentendomi in colpa per non averli salutati.

"Lo farò, non ti preoccupare," dice piano. Aspetto che continui, ma non lo fa.

"Va tutto bene, Josephine?" Il cuore mi batte forte nel petto.

Cosa è successo, adesso?

Non so quante cattive notizie possa ancora sopportare.

"Nicholas ha chiamato," dice.

30

OLIVE

QUANDO DEVO PRENDERE UNA DECISIONE...

NON CREDO di averla sentita bene. La mia pelle arrossisce.

Nicholas? Il mio Nicholas? L'ha *chiamata?*

"Olive, ci sei?"

"Sì," mormoro.

"Mi hai sentita?"

"Sì, certo," dico.

Come? Perché? Che cosa? Un centinaio di domande mi passano per la testa contemporaneamente, ma la mia bocca non ne formula una a voce alta.

"Non sono sicura se tu voglia sentirlo, ma non volevo nasconderti nulla," dice.

"Che cosa? Cosa ha detto?"

"Ha detto che vuole parlarti, ma ha un nuovo numero. Vuoi saperlo?"

"Sì, vai avanti." Armeggio con il mio telefono.

Non ho nulla su cui scriverlo ma riesco ad aprire il blocco note sul mio telefono e digitarlo.

"C'è un'altra cosa, Olive."

"Uh-huh."

"Ha detto che questo numero funzionerà solo fino a mezzogiorno, ora del Pacifico. Non sono sicura di cosa significhi, ma è quello che ha detto."

Dopo aver riattaccato, fisso il numero fino a quando non viene marchiato a fuoco nella mia memoria. Mezzogiorno è tra soli quarantacinque minuti.

Cammino in tondo cercando di decidere cosa voglio fare.

Cinque minuti fa sarebbe stato un gioco da ragazzi, ma ora ho problemi a decidermi.

Forse ci siamo lasciati per un motivo.

Forse non dovrei chiamarlo.

Forse il fatto che non siamo riusciti a parlarci è stata una benedizione.

Mi tremano le mani mentre compongo il numero.

"Ciao," sussurro quando risponde al telefono.

"Olive? Sei tu?!" La voce di Nicholas è eccitata e frenetica allo stesso tempo.

Una folata di vento soffia su di me e sotto il mio maglione. In meno di un secondo, mi gelo fino alle ossa.

"Come hai ottenuto il suo numero?" Chiedo anche se conosco già la risposta.

"Ho tenuto quella cartella per molto tempo," dice.

"Sì, certo," mormoro.

C'è una lunga pausa e arriva un'altra raffica di vento.

Non riesco a sentirlo molto bene e non voglio rimanere qui molto a lungo. Mi alzo e mi spingo verso la macchina.

"Come stai?" Chiedo.

"Sto bene. Com'è andata con tua madre?"

"Lei è perfetta."

"Veramente?"

"È molto più di quanto mi aspettassi. Era così... felice di vedermi."

"È fantastico," dice Nicholas. "Sono molto felice per te. Te lo meriti, dopo..."

Dato tutto ciò che ho fatto, non sono così sicura di meritarla, ma apprezzo che lo dica comunque.

All'interno della macchina, la sua voce è limpida e chiara. Mi chiede di più su Josephine e io gli parlo di tutte le parti buone.

Quando mi chiede di Owen, salto le parti cattive. Non voglio che la conversazione sia su di lui.

Non voglio che Owen inquini un'altra cosa nella mia vita.

"Dimmi di te," dico. "Come stai? Dove sei?"

C'è una pausa dall'altra parte seguita da un profondo sospiro.

"Ti ho visto al telegiornale," dico. "E online."

"Sì," dice piano. "Sembra che tutti mi stiano cercando."

"Non devi dirmelo se non vuoi."

"Penso che sia meglio se non lo faccia," dice.

Non parliamo per alcuni momenti.

Dopo qualche altro, il silenzio è insopportabile.

Voglio vederlo. Voglio avere questa conversazione nella vita reale. Voglio toccarlo. Voglio assicurarmi che sia ancora vivo.

"Olive, ti ho chiamata perché volevo scusarmi di nuovo per tutto quello che ho fatto. Tutte le bugie. Tutte le mezze verità. Ti meriti un uomo molto migliore di me."

Le lacrime iniziano a spuntare nei miei occhi. Sembra davvero un ultimo addio.

"Va bene. Voglio dire, non va bene, ma può esserlo," sussurro tra i singhiozzi.

"Volevo solo dirtelo nel caso... le cose non finiscano bene per me."

"Non dire così. Non dirlo mai."

"È una possibilità molto reale."

"No, non lo è. Devi continuare a combattere. Devi andare avanti."

"È difficile. Se voglio avere la possibilità di cavarmela, devo tagliare tutti i legami," dice con un lungo sospiro.

"Allora fallo."

"L'ho fatto, ma i miei pensieri continuavano a tornare da te. Ecco perché ho contattato Josephine. Ho pensato che forse ti saresti incontrata con lei e lei avrebbe avuto il tuo numero. Ma è stata una cosa stupida da fare, Olive. Questo è il tipo di cosa che mi farà arrestare o uccidere."

Voglio dirgli di non chiamarmi mai più.

Voglio dirglielo per proteggersi, ma non riesco ad obbligarmi a farlo.

"Anche io continuo a pensare a te," dico dopo un momento.

"Cosa facciamo adesso?" Chiede lui.

"Dove sei?"

"Non posso dirtelo."

"Sì, naturalmente. Lo sapevo."

"Non è niente di personale. È solo per la mia sicurezza."

"È per questo che questo numero di telefono non funzionerà dopo mezzogiorno?"

"Sì," dice. "Sto usando un telefono che ho intenzione di buttare via quando riagganciamo. Volevo parlare con te ma non volevo che Josephine o nessun altro avesse un modo per raggiungermi o trovarmi."

Tutto questo ha senso, ma mi fa anche male al cuore. Più parliamo di logistica, più mi rendo conto che probabilmente non lo rivedrò mai più.

"Posso fidarmi di te, Olive?" Chiede Nicholas dopo un'altra lunga pausa.

"Sì, naturalmente."

"Qualcuno sa dove sei?"

Scuoto la testa.

"Olive? Non ti sento."

"Certo, no, scusa. Non sono a casa in questo momento. In realtà sono sulla strada, avevo bisogno di schiarirmi le idee."

"Bene. Cosa te ne pare nel fare un lungo viaggio in auto?" Chiede.

31

OLIVE

QUANDO DEVO PRENDERE UNA DECISIONE...

Dopo che riattacchiamo, mi fermo vicino a Walmart e compro due telefoni. Uno è economico e usa e getta che userò per chiamarlo e il secondo è uno smartphone normale che posso usare per andare online e controllare la mia e-mail, tra le altre cose. Annoto tutti i numeri importanti nel mio telefono originale prima di lasciarlo nella mia casa in affitto.

Non so se tutte queste precauzioni siano necessarie, ma non voglio correre più rischi del necessario. Non ho intenzione di condurre la polizia o chiunque altro a Nicholas.

Voglio solo vederlo un'ultima volta.

Il viaggio verso nord è lungo ma mozzafiato. Guido

dal deserto della California meridionale attraverso
Las Vegas e poi attraverso lo Utah.

Lì mi imbatto in ampie catene montuose le cui punte
sono già coperte di neve. Adoro la natura selvaggia
qui fuori. E il silenzio.

Guido per chilometri senza vedere città o persone,
tranne alcuni guidatori.

In un'altra vita, avrei probabilmente avuto paura di
essere così sola, ma non ora.

Tutta la natura e la mancanza di umanità mi mettono
a mio agio. All'improvviso, riesco a respirare un po'
più facilmente.

Quando esco dallo Utah, guido nell'Idaho dove le
foreste diventano più fitte e gli alberi più alti.
Quando mi fermo per un po' di gas, vedo un'aquila
che volteggia in alto e la osservo per un po' finché
non vola via.

Non mi manca molto, ma so che non ce la farò
stasera. Inoltre, non sono sicura di essere pronta a
rivedere Nicholas per la prima volta di notte. Sono
sfinita e ho bisogno di riposo.

Entro in un Motel 6 e pago per una notte dietro ad

una barriera in plexiglass antiproiettile. La stanza è abbastanza carina, semplice, senza alcun dettaglio.

Lascio cadere la borsa sul letto e mi dirigo dritta verso la doccia. L'acqua calda mi fa sentire bene e mi insapono i capelli con lo shampoo che ho portato da casa.

Quando chiudo l'acqua, sento un forte suono miagolante proveniente dall'esterno. Da quando il sole è sceso sotto l'orizzonte è diventato molto più freddo e spero che il gatto abbia un posto caldo dove dormire.

Mi avvolgo i capelli in un asciugamano e mi butto su uno dei letti. È elastico, ma abbastanza duro, e almeno i cuscini sembrano nuovi. Mentre cambio canale, sento di nuovo il miagolio.

Ancora.

E ancora.

Mi metto i pantaloni, le calze e gli stivali del pigiama insieme a un maglione spesso e un cappello. Il motel è a due piani, con la porta di ogni stanza che conduce dritti di fuori.

La mia stanza è al piano inferiore e proprio sul bordo,

quindi cammino lungo il lato per vedere da dove provenga il suono. Vedo un gattino bianco e grigio nascosto sotto un pezzo di cartone.

Senza pensarci ancora, lo prendo e lo porto dentro.

"Che cosa fai là fuori da solo?" Gli chiedo, avvolgendogli le braccia attorno. Sembra che gli piaccia perché inizia subito a fare le fusa.

"Devi essere così affamato e infreddolito," dico, accarezzandolo dolcemente.

I miei genitori non credevano negli animali domestici (parole loro, qualunque cazzo di cosa significasse) ed è per questo che non abbiamo mai avuto animali domestici.

Dopo essersi riscaldato tra le mie braccia, il gattino ricomincia a miagolare. Verso un po' d'acqua in una ciotola. Prende qualche leccata e poi miagola di nuovo.

"Okay, prendiamo del cibo," dico, mettendomi il cappotto e coprendomi i capelli bagnati con un cappello.

Fortunatamente, c'è un minimarket alla stazione di servizio proprio dall'altra parte della strada. Non volendo lasciarlo solo nella stanza o metterlo fuori, lo porto con me.

Prendo un po' di latte e tonno in scatola prima di imbattermi nello scaffale del cibo per animali domestici e prendo solo alcune delle loro più belle lattine di cibo per gatti, così che durino qualche giorno. Per me prendo un'insalata e un sacchetto di salatini insieme ad un apriscatole.

Di ritorno al motel, dopo che entrambi abbiamo mangiato, ci rannicchiamo insieme e ci addormentiamo.

La mattina seguente, Solly mi salta intorno alle cinque del mattino e mi sveglia di nuovo miagolando, chiedendo altro cibo. Apro un'altra lattina di cibo e torno a letto.

È quasi l'ora del checkout quando mi sveglio di nuovo con un odore orribile che permea tutta la stanza.

"Oh, merda," dico, pizzicandomi il naso con la mano. Avevo completamente dimenticato che avrebbe avuto bisogno di un posto dove fare i propri bisogni e non gli ho dato niente di simile a una cassetta.

Solly mi guarda con un'espressione perplessa sul viso.

"Non preoccuparti, non sei nei guai. Sono io la deficiente, qui," lo rassicuro.

Non ci sono prodotti per la pulizia di alcun tipo, quindi faccio quello che posso con alcuni asciugamani di carta e sapone per le mani.

Dopo aver pettinato i capelli per non farli sembrare troppo un nido dopo aver dormito con la testa bagnata la scorsa notte, mi trucco e getto la mia roba nella borsa. Non rendendosi conto che non ho intenzione di lasciarlo indietro, Solly si siede vicino alla porta principale e sfodera i più grandi occhi tristi che abbia mai visto.

"Certo che verrai con me, sciocco gattino," dico, prendendolo tra le mie braccia. "Ma penso che potresti pentirti della tua decisione. Rimarremo in macchina per un po'."

32

OLIVE

QUANDO VADO DA LUI...

Fare un viaggio su strada è una sorta di rito di passaggio, in America.

Implica lasciare casa, di solito verso qualche parte a est, ed esplorare un mondo fuori dalla propria zona di comfort mentre si viaggia attraverso grandi e piccole città, attraversando ponti e strade polverose.

Una delle cose più belle è che incarna quello che è la vita, il viaggio, piuttosto che la destinazione. Si tratta di andare da qualche parte, ma riguarda anche il processo per arrivarci.

Nel mio caso, ho una vaga idea di dove stia andando, ma non di cosa accadrà quando ci arriverò. Nicholas ed io non stiamo più insieme e tutto questo *non* ridarà vita alla nostra relazione.

Sto andando lì per vederlo ancora una volta. Voglio sistemare le cose tra di noi, ma non tornare al modo in cui erano prima.

Non sono abbastanza sciocca da pensare che saremo ancora quelle persone.

Verso mezzogiorno guido attorno ad un immenso lago le cui acque brillano alla luce del sole. Non posso fare a meno di fermarmi e fare un selfie. Solly, che mi è seduto in grembo da quando abbiamo lasciato il motel, si innervosisce per il cambiamento improvviso di ambiente.

"Va tutto bene, non me ne vado," dico. "Sto solo scattando una foto."

Cerco di crearne una in cui potremmo essere insieme, ma lui si rifiuta di collaborare.

Poche ore dopo, vedo il cartello per Hungry Horse Reservoir. Guido su un piccolo ponte e vado verso i campeggi lungo una strada sterrata che sembra proseguire per sempre. La strada è fiancheggiata da entrambi i lati da imponenti alberi di pino che a volte sono intervallati da prati.

"Sono sulla strada giusta?" Chiedo a Solly, che semplicemente fa le fusa in risposta.

Controllo il serbatoio del carburante. Almeno, ne ho abbastanza per tornare indietro nel caso stia andando nella direzione sbagliata.

Supero il primo campeggio e continuo. È più in basso. Sedici lentissimi chilometri dopo, mi imbatto in una radura.

Guido fino a lassù e guardo la riserva sottostante. Sotto il cielo azzurro senza nuvole, l'acqua sembra punteggiata da milioni di diamanti.

Lascio Solly in macchina ed esco. Cammino tra alcuni pini ed è allora che lo vedo, seduto con le spalle rivolte a me ad un tavolo da picnic improvvisato.

Indossa una camicia a maniche lunghe attillata che mostra tutti i muscoli della schiena.

In qualche modo, ero riuscita a dimenticare quanto sia sexy e vederlo di nuovo mi coglie di sorpresa.

Okay, respiri profondi, mi dico. Comincio ad avere dubbi.

E se fosse un grosso errore? E se non dovessi essere qui?

Prima di rendermi conto di ciò che sto facendo, giro sui tacchi e inizio ad allontanarmi.

Non è che sia sbagliato essere qui, solo non sono sicura di riuscire a dirgli di nuovo addio.

Calpesto un ramoscello che si spezza con un forte suono scricchiolante.

"Olive? Olive?" Si precipita verso di me.

Mentre avvolge le sue braccia attorno a me, rimango così per alcuni istanti, sentendo il suo respiro sulla nuca.

Mi giro lentamente, volendo che questo momento duri il più a lungo possibile.

"Sei venuta," dice incredulo.

"Sei qui," sussurro.

Voglio che mi baci. Vorrei baciarlo io, ma il momento passa ed entrambi ci allontaniamo.

"È così bello vederti."

"Anche per me," dico.

"Perché stavi... andando via?" Chiede.

"Uhm." Faccio fatica a trovare il modo giusto di dirlo. "In realtà, ho bisogno di controllare il mio gatto."

Inclina la testa di lato. Indico la macchina e gli faccio vedere il mio piccolo amico.

Non appena apro la portiera, Nicholas lo prende tra le sue braccia e Solly inizia a fare le fusa. Lo accarezza amorevolmente.

"L'ho trovato fuori dal motel ieri sera. Aveva davvero freddo e fame."

"Oh, no, mi dispiace così tanto, ragazzino. Beh, ora sei qui e non ti succederà più niente di brutto."

I nostri occhi si incontrano quando lo dice.

Faccio un respiro profondo. Vorrei che dicesse la stessa cosa di sé stesso. Quando ci guardiamo un po' troppo a lungo, sono la prima a distogliere lo sguardo.

"Dai, lascia che ti mostri il posto," dice.

Cammino verso il camper e guardo il lago

sottostante. Riesco a vedere l'altro lato del lago, ma non la sua estensione a sinistra o a destra.

"Questo posto è enorme," dice Nicholas. "Ne ho esplorato un po' e ho sorpassato solo alcune curve. Questo è stato prima che cercassi la mappa e mi rendessi conto di quanto sia grande esattamente."

"È bellissimo," dico, guardando il falco che volteggia in alto.

Rivolge la mia attenzione al suo camper. Non è uno di quegli enormi mezzi popolari tra i musicisti che fanno tournée in tutto il paese, ma è bello. Quando salgo i gradini, Nicholas allunga la mano per aiutarmi a entrare e un'ondata di elettricità si precipita attraverso di me.

C'è una piccola cucina a sinistra, di fronte ad un tavolo da pranzo. Il sedile del conducente è a destra e sull'estrema sinistra c'è una sporgenza con un letto matrimoniale.

"Wow, hai tutto qui," dico, guardando la porta che conduce al bagno. "Non sono mai stata dentro uno di questi cosi, prima."

"Mi piace," dice. "Mi fa apprezzare le cose semplici della vita."

Dalla finestra vedo un modello Honda Accord più vecchio.

"Quella è la mia macchina," spiega.

"Possiedi anche questo?"

"No, questo era qui. È un noleggio, un accordo temporaneo."

"Quindi, non resterai qui?" Chiedo.

"Non posso," dice, scrollando le spalle. Non capendo, sollevo le sopracciglia.

"Sai dove si trova," dice Nicholas con la sua intensa voce, senza perdere un colpo. "Una volta che te ne andrai, non sarà sicuro per me rimanere qui."

___

33

OLIVE

QUANDO ANDIAMO DA LUI...

Una volta che me ne vado, le sue parole continuano ad echeggiare nella mia mente. Hanno una certa finalità.

Un punto finale.

Mi sorprendo a combattere con le lacrime. Non sono venuta qui per tornare insieme a lui, ma non sono mai venuta qui sapendo con certezza che sarebbe stato così.

Lui che dice ciò ad alta voce è come un chiodo sulla bara della nostra relazione.

Nicholas mi versa una tazza di tè e ci sediamo al tavolo, uno di fronte all'altro.

"Mi piace, qui," dico, bevendo un sorso di tè alla menta.

"Anche a me."

"Ne sono sorpresa."

"Anche io." Ride.

"Perché sei venuto qui, tra tutti i posti?"

Inspira lentamente e poi espira ancora più lentamente. Quindi, guarda fuori dalla finestra. "Potrebbe essere che essere qui fuori nel mezzo del nulla mi renda difficile da trovare," dice. "Ma la verità è che dovevo scappare. Dopo tutta quella stravaganza, avevo bisogno di riconnettermi un po' con la natura."

"Beh, lo stai sicuramente facendo."

"Avevo bisogno di sentirmi di nuovo una persona. Ci sono state alcune persone accampate qui, ma tutti restavano tra sé stessi. È bello."

Gli chiedo di più su quello che è successo dopo che se n'è andato e mi dice i dettagli.

"Quando abbiamo parlato di scappare, questo non

era assolutamente quello che avevo in mente," dico con un sorriso.

"Sì, niente hotel a cinque stelle o ristoranti e resort di lusso per me. Almeno, non per un po'."

"Pensi che cambierà mai?" Chiedo e lui fa spallucce.

Quando abbiamo fame, tosta del pane all'aglio sul fuoco.

Faccio un'insalata e mangiamo tutto. Mi chiede come è stato il tutto per me e questa volta gli dico tutta la verità e nient'altro che la verità.

Non risparmio alcun dettaglio.

Quale sarebbe il punto? Probabilmente non lo rivedrò mai più, quindi non tralascio nulla.

Continuiamo a parlare mentre il sole scende sotto i pini verso ovest e scompare in un altro posto nel mondo.

Quando ho freddo, mi offre una felpa da indossare.

Quando Solly gli si strofina su una gamba, lo prende in braccio e lo culla tra le sue braccia.

"Non ho mai visto questa parte di te," dico sorridendo.

"Adoro gli animali," dice. "Non mentono. Non imbrogliano. Vogliono solo una cosa, l'amore, e questa è l'unica cosa che ognuno di noi dovrebbe dare."

Annuisco, accarezzando Solly in testa.

Lui chiude gli occhi per il piacere.

"Inoltre, questo è un po' speciale. Ama anche lui una persona per cui provo lo stesso."

Che cosa ha appena detto? Lo guardo.

"Avrei dovuto dirlo molto tempo fa, Olive. Sapevo che era così dopo pochi giorni che stavo con te. Eppure, non riuscivo a convincermi a dirlo. È stato così stupido. Non ho mai sentito nessuno dirlo mentre crescevo e immagino che questo mi abbia fregato."

"Di cosa stai parlando?" Chiedo piano.

"Ti amo, Olive. Ti ho amata da quando ci siamo conosciuti e ti amerò per sempre."

Deglutisco forte.

Lo guardo nei suoi profondi occhi, non sapendo esattamente cosa dirgli. No, non è vero. So esattamente cosa dovrei dire. Devo dirgli che lo amo anche io. Ho bisogno di gettargli le braccia intorno e premere le mie labbra sulle sue. Ma qualcosa mi trattiene.

"Non devi rispondere per forza." Nicholas mi mette il dito sulle labbra quando apro la bocca. "Non si tratta di questo. Avevo solo bisogno che tu lo sapessi. Questo è stato uno dei miei più grandi rimpianti da quando non ci siamo più visti."

Dopo aver pronunciato le parole che stavo aspettando di sentire per tutto questo tempo, Nicholas si alza e sparecchia il tavolo.

Lava i piatti nel lavandino e mi offre qualcos'altro da bere.

Guardo l'ora e vedo che in qualche modo sono quasi arrivate le nove.

Mi ero ripromessa di andarmene prima che facesse buio, ma è successo secoli fa.

"Si sta davvero facendo tardi, penso che farò meglio ad andare."

"Tornerai indietro adesso?"

"No, avrei alloggiato in un motel in città."

Lui annuisce, le sue spalle si inclinano verso il basso.

"Che cosa? Che cos'è?" Chiedo.

"Perché non resti qui?" Suggerisce.

Lo guardo. Dal modo in cui la sua camicia lo avvolge, posso vedere praticamente ogni contorno sei suoi addominali.

Le sue spalle sono larghe e forti e gli avambracci hanno vene chiaramente delineate. Si lecca le labbra e sento il battito del mio cuore.

Quando si appoggia sul bancone, i suoi capelli gli cadono in faccia. Le mie ginocchia iniziano a sentirsi deboli.

"No, non è una buona idea," mormoro.

Non mi fido di me stessa, con lui.

"Ascolta, non sto facendo alcuna mossa, qui. È solo che la strada per tornare in città è lunga ed è buio pesto. Ho una tenda con me. Perché non resti nel camper e io dormirò fuori?"

"Una tenda?"

"Sì, è comodissima. L'ho usata diverse volte durante le escursioni notturne."

Anch'io ho fatto escursioni, penso tra me. Hai pensato a me tanto quanto io pensavo a te?

"Sì, forse lo farò. Non voglio disturbare di nuovo Solly," dico, indicando la pallina di pelo nell'angolo della cucina.

Mezz'ora dopo, mi sdraio nel letto di Nicholas, seppellendomi nel suo profumo.

Non aveva delle lenzuola per cambiarle, ma non lo avrei voluto in ogni caso.

Inspiro profondamente e mi perdo nel suo aroma. Non mi rendo conto di quanto mi sia mancato fino a questo momento.

34

OLIVE

QUANDO MI SVEGLIO...

DORMO PROFONDAMENTE PER ALCUNE ORE, ma poi il suono del guaito mi sveglia. Sorprende anche Solly, perché mi salta addosso e mi costringe a stringerlo forte. Un guaito segue un altro.

"Va tutto bene," gli sussurro all'orecchio. "Va bene. Sono solo alcuni coyote, ma sono molto lontani da qui."

Prima che il guaito scompaia sulle colline, sento la porta aprirsi leggermente. Il mio cuore mi salta nel petto.

Chi è?

Sento i passi sui gradini prima che la porta scricchioli

e si chiuda. Tenendo ancora Solly, mi avvicino al bordo del letto e guardo fuori.

"Oh mio Dio, mi hai spaventata a morte," dico, emettendo un sospiro.

"Sei sveglia! Sono così dispiaciuto. Ho solo molta sete e ho dimenticato di portare un po' d'acqua con me."

"Va bene, non preoccuparti," dico, mettendo Solly sul letto e camminando nel soggiorno.

Lo guardo versarsi un bicchiere e fare qualche sorso.

Nicholas non indossa una maglietta e il suo corpo brilla alla luce della luna. I suoi pantaloni si appoggiano sui fianchi, esponendo quel perfetto gruppo muscolare a forma di V che porta all'inguine.

Mi lecco le labbra e mi verso anche io un bicchiere d'acqua.

"Mi dispiace davvero di averti svegliata," dice.

"Non l'hai fatto. In realtà mi sono svegliata a causa dei coyote."

"Sì, a loro piace cantare le loro canzoni a tarda notte."

Dopo aver finito la mia acqua, rimetto il bicchiere sul

tavolo, accanto al suo.

"Com'è il letto?" Chiede, forse cercando di guadagnare un po' di tempo per rimanere qui un po' più a lungo.

"È molto più comodo di quel letto nel motel in cui ho dormito la scorsa notte."

"Bene, sono felice di sentirlo. Dovresti riposarti un po'."

Dovrei girarmi e tornare lì, ma non riesco a muovere i piedi. Dovrebbe girarsi e uscire dalla porta, ma non si muove neanche lui. Invece, continuiamo a stare qui, uno accanto all'altro, a guardarci negli occhi.

Quando muovo la testa, una ciocca di capelli mi cade in faccia. La sposto dietro l'orecchio, ma si libera di nuovo.

Questa volta, Nicholas si avvicina.

Mi passa delicatamente la mano sulla guancia e riporta i capelli in posizione. Quando lo guardo, la sua mano rimane lì, cullandomi il viso.

I brividi mi corrono lungo la schiena e i miei capezzoli si induriscono a contatto con la mia maglia.

Resisto alla tentazione di spostare il mio peso da un piede all'altro per paura di allontanare il mio viso dal suo palmo.

Quando lo guardo negli occhi, l'uomo che conoscevo scompare.

Quando ci siamo incontrati per la prima volta, era freddo e distaccato, fiducioso ma irraggiungibile.

E ora, in piedi qui in questa stanza in mezzo al nulla, improvvisamente vedo l'uomo che è veramente. Senza maschera, soldi o menzogne, questo è l'uomo di cui sono innamorata.

Le labbra di Nicholas si aprono leggermente mentre avvicina la testa. Sbatte le palpebre e distoglie lo sguardo prima di inclinare la testa verso l'alto e spingere le sue labbra sulle mie.

La mia bocca si apre e le nostre lingue si toccano. Il nostro bacio all'inizio è dolce, ma poi ricordiamo quella vecchia danza familiare e all'improvviso diventiamo una cosa sola.

"Ti amo," sussurro attraverso il bacio.

Si allontana solo leggermente per guardarmi di nuovo.

"Ti amo," mi ripeto, ancora e ancora. "Ti amo da molto tempo, ma non sono mai riuscita a dirlo ad alta voce. Questa è la ragione principale per cui sono venuta qui. Non potrei vivere senza dirti una cosa così importante faccia a faccia."

Nella mia mente, le mie parole scorrono in modo fluido ed eloquente, come se fossero pronunciate da Meryl Streep, ma in realtà escono confuse e fuori controllo.

"Anch'io ti amo," sussurra e mi afferra il braccio.

Le sue dita si intrecciano con le mie e ci baciamo di nuovo.

Mi spinge contro il bancone, il suo forte corpo preme contro il mio, morbido.

Quando gli lascio andare la mano, gli faccio scorrere le dita sul collo e poi sui capelli. Le sue mani si fanno strada tra i miei capelli, spostando il mento verso l'alto ad ogni tiro.

I suoi respiri mi riempiono la bocca finché non mi gira la testa e inizia a mordicchiare il lobo dell'orecchio. Ad ogni piccolo morso, il contorno del suo cazzo spinge più forte contro il mio osso pelvico.

Le sue mani corrono su e giù per il mio corpo, avvertendo ogni curva e contorno. Sollevando la maglietta, trova il mio seno e ne afferra delicatamente uno e poi l'altro, mentre continua a divorarmi la bocca.

La passione che provo è difficile da descrivere. Travolge i miei sensi e rende difficile respirare. E quando ne sono preda, sembra che non finirà mai, come se fosse una cascata che riempie e riempie un piccolo bicchiere d'acqua.

Con un solo movimento fluido, Nicholas mi tira la maglia sopra la testa e all'improvviso il mio seno si espone al morso della fredda notte. Vedendoli coperti di pelle d'oca, si inginocchia e prende un capezzolo in bocca mentre copre l'altro con la mano.

"Dovremo fare qualcosa per riscaldarti," mormora.

La mia pelle può essere fredda, ma non ho freddo all'interno. In effetti, il mio corpo è come una fornace.

Mi prende la gamba e se la avvolge attorno al busto. Ci sono ancora strati di vestiti che separano i nostri corpi mentre inizia a muovere i fianchi avanti e indietro. Guarda la mia reazione, stuzzicandomi.

"Ti piace?" Chiede.

Tutto quello che posso fare è gemere.

Mi conduce in camera da letto anche se riesco a malapena a camminare. Voglio arrampicarmi su di lui e spingerlo in profondità dentro di me, ma, prima di tutto, siamo ancora vestiti.

Tiro la sua cintura e quando i suoi pantaloni cadono, ne esce. Poi mi prende e mi lancia sul letto. Prima di rendermi conto di ciò che sta accadendo, si arrampica su di me, ma con la testa lontana dalla mia.

Le mie gambe si aprono da sole mentre le sue labbra si fanno strada sulle mie gambe. Le mie mani e la bocca trovano il suo cazzo. È buono come ricordavo. La sua lingua stuzzica il mio clitoride mentre le sue dita turbinano dentro di me. I nostri corpi iniziano a muoversi come uno e una sensazione di euforia mi travolge.

Mi spinge il più vicino possibile al limite prima di allontanarsi.

Pochi istanti dopo, si volta e trova la mia bocca con la sua. Ci baciamo di nuovo mentre spinge il suo corpo contro il mio.

Adoro la sensazione di essere sotto di lui. Osservo le sue forti e potenti spalle muoversi su e giù ad ogni spinta.

Le nostre labbra restano unite, separandosi solo quando assolutamente necessario. Ad un certo punto, sussulto in cerca d'aria, avendo dimenticato di respirare.

Quando le sue spinte diventano più veloci e più potenti, il mio corpo si apre per lui come un fiore nella rugiada del mattino.

Ad ogni mossa, lo porto sempre più dentro di me per non lasciarlo mai andare.

All'improvviso, un incendio si accende. Emetto un sussulto e poi un lungo gemito.

Preme il suo corpo contro il mio e si spinge dentro e fuori di me a un ritmo uniforme fino a quando una calda sensazione rilassante si accumula dentro di me e alla fine scorre nelle mie vene.

Pochi istanti dopo, si muove dentro e fuori di me un'ultima volta prima di crollare sul letto, completamente speso.

35

NICHOLAS

QUANDO MI SVEGLIO...

Stiamo l'uno nelle braccia dell'altro per molto tempo quella notte, prima dormendo e poi parlando di tutto ciò che ci eravamo persi durante il nostro tempo separati.

L'unica cosa di cui non parliamo è la rottura. Spero di poter far finta che non sia mai successo, ma non oso sollevare la questione.

Quando mi racconta di Owen e di come abbia parlato, vorrei dargli un pugno.

Ma quando apprendo che ha cercato di attaccarla e persino di violentarla, voglio ucciderlo. La gente lo dice sempre senza volerlo, ma io non l'ho mai fatto.

Quindi, quando dico che lo voglio morto, è esattamente quello che intendo.

Al mattino, preparo una colazione a base di pancake e uova e mangiamo al tavolo da picnic con vista sul lago. Gli uccelli volano sopra le nostre teste e alcuni scoiattoli si muovono vicino agli alberi. Sono stato in molti hotel a cinque stelle, ma non sono mai stato così bene da nessuna parte.

Quando ho trovato questo posto per la prima volta, ho pensato di aver trovato il paradiso. Ma quando lei è arrivata qui, ho pensato che quello *era* il paradiso.

"Allora, cosa facciamo adesso?" Chiede Olive, prendendo un morso del suo pancake.

"Possiamo fare un'escursione insieme. C'è un posto davvero bello a circa 5 chilometri di distanza che so che adoreresti."

"Sembra perfetto," dice, sporgendosi sul tavolo e dandomi un bacio umido, infuso di sciroppo d'acero.

"Ti amo, Olive," dico quando finalmente ci allontaniamo l'uno dall'altro.

"Ti amo anch'io," sussurra lei. "Perché non l'abbiamo mai detto prima?"

"Perché eravamo stupidi e immaturi?" Suggerisco e lei ride.

Sto scherzando solo per metà. Non tutti hanno una seconda possibilità per correggere un errore e so che sono molto fortunato a far parte di quella categoria.

Altrimenti, avrei passato tutta la mia vita a rimpiangere di non aver mai detto alla donna che amo che la amo.

"Devo dirti una cosa," dice lei, improvvisamente il suo viso diventa molto serio.

"Dimmi tutto."

Scuote la testa mentre le sue guance sono arrossate per l'imbarazzo.

"Ricordi il Monet che mi hai dato?" Chiede. Annuisco, ma lei non continua.

"Va bene, qualunque cosa sia, dimmelo," insisto.

"Sono così stupida," dice Olive, scuotendo la testa. "Mi sono fidata di Owen pensando che lo avrebbe messo in un posto sicuro. Ciò prima che accadesse tutto quanto. Prima di sapere chi fosse veramente."

Il suo corpo inizia a tremare, ma le metto un braccio

attorno. "Va bene. Qualunque cosa sia, la risolveremo."

"È andato."

"Andato?"

"Beh, non so se è andato, ma Owen è stato arrestato e dubito che mi dirà mai dove si trova, ora."

"Va tutto bene," dico senza perdere un colpo. "Sono sicuro che lo troveremo e se così non sarà... sono solo soldi. Non importa quanto questo."

Mi mette la testa sulla spalla, sollevata. Immagino che pensasse davvero che mi sarei arrabbiato con lei.

Ma non ho mentito. Il denaro era l'unica cosa che contava per me.

Ma con lei tra le braccia, mi rendo conto di quanto fossi povero quando avevo milioni al mio nome e quanto sia ricco ora.

Riporto i piatti dentro e li lavo nel lavandino. Olive li asciuga e li rimette sullo scaffale. Una volta riposto l'ultimo piatto, la prendo tra le mie braccia e la bacio di nuovo.

"Cosa ne pensi di divertirti un po' di più a letto prima di fare quell'escursione?" Chiedo.

I suoi occhi si illuminano, mi afferra le braccia e mi tira sul letto.

Alcuni istanti dopo, c'è un forte suono tonante sulla porta d'ingresso. Si apre e due uomini vestiti con indumenti antiproiettile si precipitano dentro, puntandoci le loro pistole in faccia.

"FBI! Sei circondato. Allontanala lentamente e alza le mani!" Urla uno di loro.

Con il cuore che mi batte forte nel petto, faccio come dice.

Attraverso il finestrino vedo quattro macchine non contrassegnate e almeno quindici uomini con le giacche dell'FBI. Quelli in prima linea stanno usando le porte dei loro veicoli come scudi e sono in posizione con le loro pistole estratte.

"Nicholas Crawford," dice qualcuno, torcendomi il braccio dietro la schiena. "Hai il diritto di rimanere in silenzio e di rifiutarti di rispondere. Qualsiasi cosa tu dica può essere usata contro di te in un tribunale."

Tutto si muove al rallentatore.

Lancio un'occhiata a Olive.

Per metà tiene le mani in aria e per metà cerca di sollevare un lenzuolo davanti al seno nudo.

"Hai il diritto di consultare un avvocato prima di parlare con la polizia e di avere un avvocato presente durante l'interrogatorio, ora o in futuro."

I miei occhi cercano Olive, ma lei continua a distogliere lo sguardo.

Nessuno di loro mette giù le armi finché non mi tirano fuori dal camper, ammanettato e completamente nudo.

Quando mi mettono sul retro di un'auto, guardo indietro, sperando di vederla di nuovo.

L'ha fatto? Mi ha consegnato?

———————

GRAZIE PER AVER letto DIMMI DI LOTTARE!

Spero che ti sia piaciuto continuare la storia di

Nicholas e Olive. Non puoi aspettare per scoprire quello che succede alla fine?

Leggi in un click DIMMI DI MENTIRE ora!

C'è stato un tempo in cui il mio debito era l'unica cosa che ci collegasse.

C'è stato un tempo in cui non riuscivo a dirgli quanto lo amassi, e lui non riusciva a dirlo a me.

C'è stato un tempo in cui pensavo di non poter mai avere abbastanza soldi.

Ora, tutto è cambiato.

Nicholas Crawford è un estraneo che diventa sempre più strano ad ogni secondo che passa.

Pensavo di poter costruire una vita insieme a lui, ma ora non ne sono più così sicura.

Abbiamo attraversato troppo.

Ma poi, lui fa un passo più vicino.

Poi, mi sussurra qualcosa all'orecchio.

Poi preme le sue labbra sulla mia bocca.

All'improvviso, tutto quello che c'era di sbagliato inizia a sistemarsi...

Leggi l'EPICA conclusione alla coinvolgente saga TELL ME dell'autrice bestselling Charlotte Byrd.

Leggi in un click DIMMI DI MENTIRE ora!

Apprezzo quando condividete i miei libri e ne parlate ai vostri amici. Le recensioni aiutano i lettori a trovare i miei libri! Per favore, lascia una recensione sul tuo sito preferito.

ISCRIVITI ALLA MAILING LIST E
READER CLUB DI CHARLOTTE BYRD

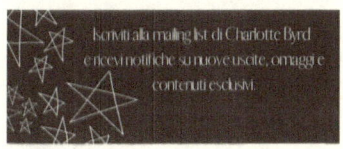

Tutti i libri sono disponibili presso TUTTI i maggiori rivenditori! Se non riesci a trovarli, manda una e-mail a charlotte@charlotte-byrd.com

Serie *La Serata Proibita*

La serata proibita

Le regole proibite

I legami proibiti

Il contratto proibito

I limiti proibiti

Trilogia *La Casa di York*

La casa di York

La corona di York

Il trono di York

Serie *Sconosciuto pericoloso*

Sconosciuto pericoloso

Dolore pericoloso

Pericolosa ossessione

Bugie pericolose

Amore pericoloso

Serie Dimmi di Smettere

Dimmi di Smettere

Dimmi di Partire

Dimmi di Rimanere

Dimmi di Correre

Dimmi di Lottare

Dimmi di Mentire

A PROPOSITO DI CHARLOTTE BYRD

CHARLOTTE BYRD è un'autrice best seller di molti romanzi rosa. Vive nella California del sud con suo marito, il figlio e un Australian Shepherd pazzerello. Ama i libri, il caldo e le acque crystalline.

Scrivile a:

charlotte@charlotte-byrd.com

Puoi dare un'occhiata ai suoi libri su:

www.charlotte-byrd.com

Seguila qui:

www.facebook.com/charlottebyrdbooks

Instagram: @charlottebyrdbooks

Twitter: @ByrdAuthor

Facebook Group: Charlotte Byrd's Reader Club

Iscriviti alla mailing list di Charlotte Byrd
e ricevi notifiche su nuove uscite, omaggi e contenuti
esclusivi.

Puoi anche iscriverti al gruppo Facebook,
Charlotte Byrd's Reader Club, per
partecipare a esclusivi giveaways e scoprire le
anticipazioni sui miei prossimi lavori.

www.ingramcontent.com/pod-product-compliance
Lightning Source LLC
Chambersburg PA
CBHW051956240626
47153CB00005B/1785